凡墙
都是门

大语文

曹文轩 编

李云雷　蔡郁婉　张雨晴　点评

阅读与写作的经典文本
人文与语文的完美统一

明天出版社

图书在版编目（CIP）数据

凡墙都是门 / 曹文轩编.—济南：明天出版社，2017.4（2019.3重印）
（大语文）
ISBN 978-7-5332-9078-8

Ⅰ．①凡… Ⅱ．①曹… Ⅲ．①世界文学－作品综合
集 Ⅳ．①I11

中国版本图书馆CIP数据核字(2017)第032762号

大语文　　凡墙都是门

曹文轩　编

出 版 人／傅大伟
出版发行／山东出版传媒股份有限公司
　　　　　明天出版社
地址／山东省济南市市中区万寿路19号

http://www.sdpress.com.cn　http://www.tomorrowpub.com
经销／新华书店　　　　印刷／肥城新华印刷有限公司
版次／2017年4月第1版　　印次／2019年3月第7次印刷
规格／170毫米×240毫米　16开 ·17.25印张　147千字
印数／60001－70000
ISBN　978-7-5332-9078-8　　　　定价／25.00元

前 言

这套书共十册。

从动议、立纲、于浩瀚无涯的文章汪洋中苦苦搜寻佳篇、无数次地斟酌推敲和无数次地大砍大伐篇目、无数次地增加新发现的佳篇力作，到出版，经历了很长时间。为出版这套书，从编选者到编辑，都投放了太多的时间与心血。天下文章虽不可穷尽，但编选者的姿态却由始至终就是欲将天下的文章穷尽。当下各种名目的读本，不说是满坑满谷，也可说是令人眼花缭乱，编选者与编辑者又自抬门槛要与已有的各种版本的正式语文教材之选目避开，在如此情景与要求之下，编出十本一套的书来，除了要将视野一次一次地扩宽，除了要处心积虑地重建体系，除了要独辟蹊径另觅天地，除了要精雕细刻、悉心揣摩，又能如何？这个过程是一个劳心劳力的过程，好在现在终于有了成果，好在所有参与者都觉得这个过程也是一个让各自提升的过程，内心无怨无悔。

将这套书命名为"大语文"，其意味颇为深长。

当下语文教材的编写，早已突破从前令人感到机械、陈旧、压抑、沉闷的樊篱，一方新的语文天地，已经很有气象。公平竞争带来的各种语文教材版本的问世，使语文教学初步进入多元化的格局。20世纪末、21世纪初，由大学学者、语文教育专家、中小学老师及至作家等各式人等"共谋"并发起的这场语文革命，其意义已经超越了语文。但若冷静、深入地考量当下的语文教材，无论在理念还是在体制、体例等方面，都还有着明显的局限性。各种各样有形与无形的限制、依旧还显落套的评判标准、编写人员阅读视野的狭小和近年来出现的一些偏激的语文观念，所有这一切，都导致了现有语文教材不能不存在着这样那样的缺憾。我们发现了一个可供我们再创造的巨大空间。我们将这套书的功用定位在：开辟语文的第二课堂。这套堂外的"大语文"欲与堂内的"语文"形成一种优美的张力。两者之间的关系是一种相映成趣、相映生辉的关系。我们希望这套书成为优质的民间语文读本。我们的目的是一致的：提升这个民族的语文境界。

选编的宗旨是一开始就确立的：一、立人。一套好的语文读本应承担着对健全人格培养的责任，更承担着对未来民族性格塑造的责任。二、传承文化薪火。语文在一个国家、一个民族的文化大业中承当着桥梁作用，民族文化的信息、元素、精髓，因它而存在，因它而流传，因它而发扬光大。三、亲近母语。语言是一个民族存在的形式，一个民族的特质、风气、思维方式与审美格调，都与其休戚相关。

我们在选文时明确了一些原则：一、"人文"与"语文"的完美统一。反对两个极端，强调"语文读本"与"人文读本"的区别，"语文"二字是选文时的第一关键词。二、关注社会发展，贴近学生生活，将对话机制作为这套读本的重要机制。三、注重经典，强调名篇，将大量被忽视然而又确实具有经典性的文本引入读本，使这套书的文本焕然一新。四、培养主动探究精神，造就创造性思维，使语文学习成为具有实践性的活动。五、充分认识写作对于一个人的意义，将阅读与写作紧密衔接，所选文章不仅是有影响的，而且必须在文章的作法上是有说道的。

十本书是一个整体，编写必有一个通盘考虑：一、将总体体例、布局与局部构思、定点结合起来，使十册书成为有机联系与合乎逻辑的整体，由浅到深，循序渐进。二、打破当下语文教材差不多都以"人、自然、社会"为纬度的清一色的编选框架，而选择更加系统也更加合理的模式。在本套书的编选者看来，天下知识天下事、一个完美的人所需要学习与修炼的课程（除去自然科学不论），大致可归纳为八大系统与维度：1.审美。在人们的意识中，"力量"一词只与"思想"一词有关，很少有人将其与"美"相联系，而实际上美的力量绝不亚于思想的力量。审美教育，是共和国语文教育的一大缺失，这一缺失后患无穷。2.励志。理想、志向、精神、坚毅之品格……人格的质量来自于自小的修炼与人生目标的树立。3.情感。我们通常的教育只注意到思想教育，殊不知，情感对于一个人的意义绝不亚于思想的意义，情感教育也是教育。4. 思想。它既是一个名词，也是一个动词——思想是人、人类获得提升的一种必要行为。5. 情趣。趣味、幽默，理应看成是一个"完人"的基本品质之一。6. 道德。人是社会之人，一个理想社会的运转需要道德的维系，中国文章，许多是关于道德的文章。7. 智慧。它属于哲学范畴。中国是一个讲智慧的国度。中华民族所留下的文献，有大量的篇幅是文韬武略以及关于人生智慧的。苏格拉底、孔子讲的都是智慧。8. 原道。世界从何而来？世界的本质又是什么？如何认识这个世界？等等。以上种种，可简约为：美、志、情、思、趣、德、智、道。

这八大系统与纬度贯穿于十册书之中。而每一项，在十册书中又都有着不同的方面与层次。比如审美可分为：自然之美、境界之美、语言之美、艺术之美、科学之美等。还可再细分，比如自然之美再分为：季节之美、山川之美等。

十册书在结构上有显形结构与隐形结构之分。以上所讲八大系统与维度为显形结构，另有若干隐形结构的安排。比如文体知识的结构、写作知识的结构等，都作为隐形结构贯穿其中。

在整套书的编排上，力图显示出足够的智慧、艺术性与新颖别致。每一单元乃至每一篇文章都是经过精心、巧妙的设计的，而所有这些设计的目的都在于提升阅读人的人文素质、语文水平与写作能力。

我们之所以强调选择经典与名著——即使那些没有定评的文章也是考虑到它们具有经典性才被采用的，是因为我们注意到了一个严峻的现实：阅读生态严重失衡。

现在的问题是两方面的：一、阅读之风日益衰败；二、勉强维持的阅读，又是一种质量低下的阅读。如今，在中小学生们手头上流传的书籍，十有八九是一些品位不高的书籍。在享乐主义盛行的今天，这些以玩闹、逗乐为唯一取向的书籍，除了能在其中获得一时的愉悦之外，对成长，对人生，甚至对写作都用处不大。

因为，它们没有文脉，阅读再多，也不能形成一股无形的语流贯注于笔端。从前我们曾有过的那种因阅读了一些经典与名著，一落笔就有了一种经典与名著的气韵之美的好感受，已经很难遇到了。

阅读经典、名著，是一种科学行为。一般人因为条件的限制或者不知阅读经典、名著乃为科学行为，往往逮住一篇阅读一篇，殊不知阅读二流三流末流的文章不仅事倍功半，甚至还会伤害自己的欣赏力。对于一些研究者而言，出于专业的需要，他们的阅读往往不是以好坏高低来对文本选择的，他们的阅读是一种工作，一种任务，即使二流三流末流的文章也要进行阅读，这是没有办法的事。而一般的阅读，仅仅是一种欣赏，因此，阅读应是经济的，也就是说，应用较少的时间，获得最高质量的欣赏和最丰富的收获。经典、名著是经过无数专家学者研究、论证以及广大读者的比较与鉴别之后而论定的。它们在思想与艺术上，都是第一流的。"取法于上，仅得为中；取法于中，故为其下。"前人早做了总结。一些人看书虽多，但由于不读经典、名著，在二流三流末流之文字的汪洋里混来混去，时间既久，受其规约和感染，不知不觉之中，思想、艺术乃至各方面的标准都降低了，结果将自己的情感搞得很浅薄，将自己的思维搞得很平庸，将自己的语言搞得很俗气，如果转而进行写作实践，写来写去，终究写不出一篇像样的东西来。

光谈经典、名著，不谈读法不行——经典、名著有经典、名著的读法，这与什么菜有什么菜的吃法同出一理。有一点是肯定的：读经典、名著得细读。只有细读，才能领略到其中的微妙之处。二流三流末流之作，往往张牙舞爪，不必多费脑筋，就能看出它的动机，而经典、名著之魅力，却正在于它们的一切是含而不露的。因此，阅读必须是仔细的。唯有反复阅读，方能得其奥妙。不然，非但没有获得什么，还会糟蹋了好东西。

我们在十本书中所进行的导读与设问，都有这样一种思路：引导细读，通过细读，看出肌理，看出境界与神髓之所在。

语文的学习与其他学科的学习很不一样，其他学科的学习差不多在课堂上就能完成，而语文的学习，其课堂学习只是很有限的一部分。如果说语文课本是一座山头，那么，若要攻克这座山头，就必须调集其他山头的力量。而这里所说的其他山头，就是指广泛的课外阅读。一本本书，就是一座座山头，这些山头囤兵百万，只有调集这些力量，语文这座山头才能最终被拿下。

当然，这套书还不仅仅是为了更好地学习语文，使语文取得优异的成绩，就是作为通常意义上的日常阅读，它也是一套有理由向所有愿意读书的学生推荐的书籍。

曹文轩

2016 年 4 月 18 日于北京大学蓝旗营

目 录

▌一花一世界

▌眺望理想的群山

▌生死边缘的慰藉

▌凡墙都是门

▌枷锁还是轨道

一花一世界

　　"一花一世界"包含着两层意思：一是一朵花就是一个完整的世界；二是从一朵花里可以看到整个世界。我们也可以把"艺术"理解为这里的"花"，它同样具有以上两重意思，其自身既是独立的、优美的，又折射出了世界的多姿多彩。怎样理解一件艺术品，如何从艺术中观察世界，是两个迥然不同但又相互关联的问题。这一单元所选的文章，或注重前者，或关注后者，从不同角度向我们介绍了"理解"与"观察"的方法，值得细细品鉴。

艺术家画像①

[奥地利] 里尔克 著　张黎 译

　　时间飞逝。1891 年秋天，莫德尔松和马肯森重返杜塞尔多夫，当他们走进"塔塔罗斯"②时，在那里发现了许多新人和不太熟悉的面孔。来自沃尔普斯维德的客人，引起了学生们的好奇心和惊讶。这些年轻人当中，没有谁能够想象，在冬天怎么能随便住在一个村庄里，被大雪所围困，与世隔绝。其中有一个人感到特别惊奇，他向奥托·莫德尔松走来，他虽然沉默寡言，却像是有话要说，当说话的机会到来时，便询问怎么才能做到。"沃尔普斯维德？我知道这地方，"他说，"我是不来梅人。"在交谈过程中他进一步询问了那村子里的情况。人们可以发现，他对于亲身去经历一番考验，并非没有兴趣。莫德尔松仔细观察着这个肩膀宽宽、嘴巴光光的年轻人，他有一副笨重而敦实的体魄，当时他正跟着耶恩伯格③工作，他最喜欢说的一句话是"自然力是可期而不可遇的"。莫德尔松邀

---

①选自《艺术家画像》，花城出版社，1999 年版。
②"塔塔罗斯"：希腊神话中的宴府，提坦巨人的囚室，这里似指杜塞尔多夫美术院的一座教室。
③耶恩伯格（1826—1896）：瑞典画家，自 1854 年起在杜塞尔多夫从事绘画创作，作品以风俗画、静物画和室内画为主。

请他来沃尔普斯维德。没过多久，他来了，还真的留了下来。这便是弗利茨·欧沃贝克。

沃尔普斯维德对于他来说，也是一次非同寻常的经历。与莫德尔松不一样，在这里他没有找到表达自己心灵的语言。他根本不想表达自己的心灵，他不是诗人。他躲在一个沉默的硬壳里幻想着，他需要在世界上为此找到一种平衡力量。所以他画呀，画呀，按照自己的肖像来描绘事物：粗壮，宽宽的肩膀，充满伤感的沉默。这里的事物究竟就是这样，还是他这样观察它们？总而言之，它们进入了他的观察视野，他研究它们那绚丽的色彩、它们那丰富的形式，研究它们那寂静的存在状态，所有这一切都能使他对自己周围的现实产生感受，而它需要的正是这样的现实。当他阅读比昂松的作品时，强烈吸引他的，正是这样的现实。他所想象的生活就是这样，他所说的生活就是这样，不管人们走到哪里，在距离费奥尔德①不远的明亮小城里，只要人们走进去，便会看见那里的人们做着某种简单的事情、有益的事情，这是人们马上可以理解的。生着淡黄色头发的儿童，他们吃着抹了黄油的面包，还有汪汪叫的小狗儿，所有的一切都是这样的有条不紊。人们可以与这些人坐在一起抽上一袋烟，通过明亮的窗户观看户外的风景。人们不必勉强说什么，至多说一句"你好"，但是，如果你心情愉快，想说些什么，也绝对不会是什么异乎寻常的事情，绝对不会。大家都觉得这是很自然的，

---

①费奥尔德：指挪威海滨被海水淹没的前冰川槽谷。

都很高兴，偶尔也插上一句话，而傍晚时分，这是寂静的、高高的、明亮的北方傍晚，古老教堂的钟声，在山岗上虔诚而庄严地响起来，这时所有人都会想到，这是傍晚时分。这并不是弗利茨·欧沃贝克所画的某种气氛，但是，当他作画的时候，他在经历着这种气氛。这时，人们会想到古代荷兰人，他们为了达到平衡，大概就是这样作画的。这也是一种适应生活的可能性，世界上有许多的可能性：幸运的与不幸的，简单的与麻烦的，寂静的与喧闹的。弗利茨·欧沃贝克作画，像某些人演奏音乐一样，他们演奏，而他们演奏的乐曲或粗犷，或温柔，或强烈，或紧张；但是，尽管他们演奏得非常熟练，他们自己却并未投入进去，他们演奏这首乐曲，只是为了证明自己是内行，而不是置身于歌曲之中，是置身于他自己存在的地方。他创作的画完全不同于音乐。音乐把一切现存东西都溶解为可能性，这些可能性不断扩充，千百倍地扩充，直到整个世界化为乌有，成为一种轻轻回荡的丰富的音响，一片看不见的可能性的大海，人们无须把握这些可能性中的任何一种。但是，在他的画面上，一切都转换成为实物，十分丰满，十分密集，甚至连他所画的天空都是人们无法回避的实物。当他把天空画成万里无云时，强烈的色彩也会使它充满质感。不过多数情况下，天空是有云彩的，明显而巨大的云朵，有云彩的乡村，有云彩的城市。连他画的月夜也是如此，满天的云彩，天空是属于大地的，显得十分沉重，他似乎已经习惯了与物一道生活。

这种真挚而粗犷的油画，是对世界的一种伟大、动人、天真的肯定。不论什么地方都不会令人产生怀疑，没有任何东西是不确切的，到处都用大写的字母写着：确切，确切，确切!

考察一下他那些版画。在最早的一幅版画里，人们看到有桥，有风车，有远山，这就是这幅版画要表现的东西。但远远不只这些。它表现的是如何在空间里分布物体的艺术；在这里处理它们，像处理物一样。有的仿佛是摆上去的，有的则仿佛是插进去的，桥梁似乎是从山上扔到他的画面上的。所有这一切都牢牢地坐落在那里，若是有人想摇撼它们，它们也是不会动摇的。而另外一座桥，名为《刮暴风的日子》。作者在这里成功地把暴风本身描绘成了一种物。整幅画面充满了暴风，而草、灌木丛和树木，似乎只是它的轮廓。但是那些白桦树，人们从它们的外表可以看出，它们是在痛苦中成长起来的，它们是无数刮着暴风的日日夜夜的见证。在他的画里，人们常常能够发现这些高高的白桦树和风的运动，它们任凭风来侵袭，最终还是战胜了风而成长起来——在那些无声无息的夏日里。在描绘早晨和中午的风景中，水渠映照出一片快乐的或者懒散的天空，这些生机勃勃的白桦树，有时也会生得弯弯曲曲，好像它们在过去的岁月里受到过惊扰。它们似乎通过自己奇异而固执的对比，更加深了它们那和谐环境的宁静。

弗利茨·欧沃贝克在他那些版画和油画中，所描绘的几乎是同样的题材。在他的油画中，像在他的黑白艺术中一样，贯穿着同样的追求，像一条宽阔的大河，每个细节都描绘得十分华丽，却丝毫无损于整体价值。从前他曾经这样，或者以类似的方式表达过他的愿望。他实现了自己的愿望。他用这些话充分表达了他的艺术的特点，所以人们有理由把那句话当作衡量他的绘画的准则。如果人们研究一下这些绘画在多大程度上实现了画家的意图，人们完全有理由反对它们。需要指出的是，有许多版画，还有几幅油画，非常接近于实现他的意图。油画所运用的颜色，对实现他的追求很有帮助，即把每个细节都描绘得十分华丽；但它同时也使任务变得更加困难，因为任何细节都不能超越整体的统一性。使发出的声音保持同样的高度，这是不易做到的，偏爱细节对于内在的联系来说，永远是一种危险。

令人奇怪的是，欧沃贝克的绘画，尽管它们的色彩可以比作高音，却依旧浸透着一种独特的沉默，这沉默不会打断声音。人们很难断定色彩的声音是否能够互相抵消，有时大海的噪声就是这样，当人们感觉到周围充满无限沉默时，便不再能听见它的声音。在欧沃贝克的画上几乎从来不曾出现一个人物形象，这种感受也许是由内容决定的，由环境引起的。万一什么地方出现一个人物形象，也是无关紧要的，即使从空间角度来说，也不是迫切需要的，完全可以把它覆盖掉，丝毫无损于这幅画的本质。但是他的风景画，尽管没有人物形象，却并不给人寂寞的印象。当人们面对月夜和日落时，如同刚刚从亲人们围火而坐的屋子里走出来。外面没有一点动静，在人们的视野之内见不到一个人影，邻居家里连一只汪汪叫的狗都没有，但是当你从那里往外看时，你会充分意识到那间亲切而宁静的屋子，仿佛是它温暖了你的身体，你随时随地都会返回到那间屋子里去。他画的那些晴朗的白天，全都是星期天，人们全都在家里或者在教堂里，休整一周的漫长的劳顿。休假的人们的目光盯着这广阔而鲜艳的大自然，仿佛要穿透它。

如同他喜欢的这种色调，具有北方特点，偶尔出现在画面上的忧郁，也有北方特点，画面上的树木和桥，全都像被看不见的物体的阴影遮住一般昏暗。笼罩在海面上的那种忧郁，是在没有暴风的日子里，海鸥呼唤雨水的那种忧郁。也许这位画家能画大海，画山脉。他画的河流是宽广的，是闪闪发光的，像卑尔根①附近的那些水面一样，对此比昂松曾经这样说过："人们不知道它是一片内陆湖，还是大海的一个港汊。"在那里还有进一步的描述："然后便是这些山脉本身！那不是孤零零的山，而是互相连接的群山，山峰一座比一座高，似乎这里就是人类居住的世界的极限。"人们是否可以想象，欧沃贝克做过这样的画呢？我无法说他是否见过大海，大海在哪里，总而言之，他少年时代耳闻过许多关于大海的传说。

他的父亲，是北德商船协会的技术经理，在他那不来梅的办公

---

①卑尔根：挪威南部最大的海港城市。

室里，墙上挂满船只模型、计划和各种图纸，他们在这间充满神秘色彩的屋子里，几乎总要谈起大海，谈起尚在途中的船只、返回家园的船只和即将离港的船只。而后来，父亲过世了，他不再为这少年削彩色铅笔，可这少年仍然经常坐在那间办公室里，用装运纸烟的木箱制作机器，制作船只——尚在途中的船只、返回家园的船只和其他即将离港的船只。因为父亲死了，他在做这些事情的时候，一定常常想到他，因此总有某种哀愁伴着这些制作，这也许就是笼罩在真正海面上的那种哀愁。人们站在船上，或者挥手与人告别，或者并不是为了与什么人告别而挥手，而船径直向着遥远的、无限遥远的世界驶去。这少年在火车站大街，想必是常常遇见那些移居国外的人们，那些无情的船只上的人们，由于没完没了地乘坐火车而显得昏昏沉沉，他们抛弃了一切，每时每刻都有可能停留在一个陌生的城市里，他们表情痴呆地回头望着，好像在等待什么人的召唤。这少年一边数着那些人，一边想着，他发现人是很多的，在远处他们来的那个地方，一定有许多村庄都空了，他看见了那些被遗弃的、冷冷清清的房屋和那些无声无息的、非常零乱的小巷子。所有这一切都充满令人惴惴不安的哀愁，人们似乎应该做点什么，改变这种状况。植物和各种小动物的生活则是另外的样子，那里似乎没有这种令人担忧的事情。这些蜥蜴、甲虫、青蛙和蛇，生活得非常惬意，它们的动作或迅急或疏懒，它们或跳跃，或在地上爬行，它们微微抬起头来，然后便长时间地喘息着，俯卧在太阳底下，它们就是这样生活着，生活当中似乎没有什么出乎意料或者不吉利的事情。但是，也只有当它们活着时才是有趣的，当它们被钉起来或者泡在酒精里时，它们便失掉了一切现实性，一下子变成了令人厌恶或者枯燥的东西。

带着这样的观点当自然科学家，自然是不行的。他的数学天赋既不足以当一名自然科学家，也不足以应付一个工程师的工作，最终只能回到那些美丽的彩色铅笔上去，它们终究是一切爱好当中最古老的爱好。

大约十六岁时，年轻的欧沃贝克开始在户外面对自然创作素描和油画。事实证明，他母亲当年并未认真对待他要当画家的想法，她让他跟着一位女士上课，在那里，这个沉默寡言的年轻人，与一群未成年少女，几乎做的是同样的事情，在她们当中扮演非常显眼的角色。这中间他慢慢地结束了文科中学的学习，他竭尽全力抵制那种让他放弃绘画的企图，他的种种努力，最终成就了他去杜塞尔多夫的夙愿。那里的美术学院在当时对于他来说，是一切幸福的完美化身，但是，当他后来提起这件事时，从未忘记补充说明："但是，现在已经不是了。"

他的表达方式，如人们看到的那样，是非常令人信服和明白无误的，需要补充说明的是，1895 年，当人们渴望了解沃尔普斯维德的时候，却又无人能够讲述它的故事。于是，他拿起笔来在《大众艺术》上如实地报道了他和他的朋友们的第二故乡。自那时以来，人们不断引证他当时所写的那些话，但是，不管怎么说，人们会高兴地在这些文字里重新发现，他当时所说的一切，是那样的简明扼要，这些话可以最好地表明，这位画家是怎样观察这片土地的。

"一层淡淡的忧郁笼罩着这片风景。广阔的沼泽和泥泞的草场，严肃而沉默地包围着村庄。这村庄如同寻找一处栖身之地，躲避无名的恐怖一般，拥挤在一片古老沙丘的斜坡上。房屋和草舍零乱而无规则地散落着，沉重而长满青苔的茅草屋顶和粗糙的橡树遮挡着这些房屋和茅舍，以至于暴风在伸展的树梢面前也无能为力。村庄的上方隆起一座'山'，无数的溪水蜿蜒其间，山上覆盖着一片弯弯曲曲的橡树林，净化着顺流而下的雨水。村庄的中央，是一片开阔的广场，周围环绕着古老的欧洲红松。广场上竖立着一块方尖碑，它是为纪念芬多尔夫①而建的，是他在本世纪初叶开垦了这片土地，排除了沼泽里的积水，开辟了交通。纪念碑是用沉重的大理石砌成的，它以罕见的庄严直插云霄。在孤零零的山顶上，用眼睛扫视大地，眼前是沼泽和荒原，田野和草场，黑黝黝的橡树林，它们用自己的树荫遮住了稀疏的农舍，偶尔打破大平原上的单调。溪水在闪闪发光，像蛇一般蜿蜒曲折的哈梅河平静得如同明镜一般，黑色的帆船在河面上静悄悄地、充满神秘地行驶着，穿过这片大地。大地的上方舒

---

①芬多尔夫（1720—1792）：木匠，建筑师。因治理沼泽有功，人们在沃尔普斯维德为他树立了纪念碑。

展着天空，沃尔普斯维德的天空……"

在这朴素的描述中，人们看到了他那些版画般单调而昏暗的浓郁色调，看到了昏暗和明亮，看到了粗壮的东西，仿佛看到了夜幕降临之前的一切一切。

沃尔普斯维德的色彩，凡是能够用语言表达出来的，没有哪个人比里夏德·穆特尔在他那出色的关于印象主义技巧一文中描写得更令人信服。1901年秋天，我们向沃尔普斯维德驶去，那是在一个暮色早早降临，却有着强烈色彩的白天，像这片土地上的那些白天一样，特别是在十月和十一月，有许多这样的白天。

穆特尔在《日报》里谈到过这一点：

"乘车去沃尔普斯维德，是动一次白内障手术，存在于物与我之间的那层灰蒙蒙的纱幕，突然之间消逝了。人们一旦走出不来梅与利林塔尔之间的支线火车，便能立刻看到一种奇特的闪光。是这些农民身上那种魔鬼般的色彩？还是空气？这柔和而潮湿的空气，使一切如此色彩斑斓，如此浓郁和光芒四射。我注视着马车夫手里的蓝色缰绳，它们闪烁着磷光，他手上的棉手套，泛滥着晶莹的光点。我看见远方公路上走来一对农民夫妇，我注视着他们身上的深红色上衣，它们在闪闪发光，好像是内部的火，把他们照得通红。那边有一个工人，身穿浅蓝色劳动服，站在一棵银灰色白桦树旁边。那里的一条麻绳上晾着一件红色裙子，而它的颜色闪耀着，如同紫色一般。那边是一幢农家茅舍，粉刷得血红，颇似挪威的茅屋。一旦置身在那里，在薄得透明的空气中，当你把一切都看得清清楚楚的时候，沃尔普斯维德便成了一首交响乐：红色的墙壁和茂密的常春藤，这高高的、几乎触到地面的茅草屋顶，上面覆盖着潮湿的青苔，如同一片地毯。这种沃尔普斯维德的青苔啊！它覆盖着一切事物，不只是树木的枝干，也覆盖着房屋的梁柱，覆盖着火炉的砖墙和篱笆的木桩。那里闪烁着橙黄色，那里是黄绿色，那里是灰绿色，整个自然变成一个色彩的幻景……”

穆特尔初次看到的这片土地就是这样，次日，我们去探视那些画家。

导读

　　里尔克（1879—1926），奥地利诗人。其作品大多充满了现代人孤独、感伤、焦虑的情绪，在艺术方面进行了不少的探索和创新，对二十世纪上半叶西方文艺界和知识界有重大的影响。代表作短诗《豹》最为脍炙人口，另一篇名作《杜伊诺哀歌》探讨了生与死、幸福与痛苦的关系等问题。

　　《艺术家画像》主要写的是画家弗利茨·欧沃贝克，既写了欧沃贝克所画的"像"，也是对艺术家本人的一幅"画像"。作者分析了欧沃贝克油画、版画的风格及其中表现出的精神，也介绍了他学画的经历、他去沃尔普斯维德的经过、他文章中对沃尔普斯维德的表现，以及作者对这一地区的亲身体验等，这些部分很好地结合在一起，给我们呈现出了一幅欧沃贝克的立体肖像。

　　作者视野开阔，笔触细腻，对艺术品有独特的分析，对艺术家也有着深刻的理解，这篇文章可以给我们多方面的启示。

线的艺术①

李泽厚 著

　　与青铜时代一并发达成熟的，是汉字。汉字作为书法，终于在后世成为中国独有的艺术部类和审美对象。追根溯源，也应回顾到它的这个定形确立时期。

　　甲骨文已是相当成熟的汉字了。它的形体结构和造字方式为后世汉字和书法的发展奠定了原则和基础。汉字是以"象形"为本源的符号。"象形"有如绘画，来自对对象概括性极大的模拟写实。然而如同传闻中的结绳记事一样，从一开始，象形字就已包含有超越被模拟对象的符号意义，一个字表现的不只是一个或一种对象，而且也经常是一类事实或过程，也包括主观的意味、要求和期望。这即是说，"象形"中即已蕴涵有"指事""会意"的成分。正是这个方面使汉字的象形在本质上有别于绘画，具有符号所特有的抽象意义、价值和功能。但又由于它既源出于"象形"，并且在其发

---

①选自《美的历程》，文物出版社，1981 年版。

展行程中没有完全抛弃这一原则，从而就使这种符号作用所寄居的字形本身，以形体模拟的多样可能性，取得相对独立的性质和自己的发展道路，即是说，汉字形体获得了独立于符号意义（字义）的发展径途。以后，它更以其净化了的线条美——比彩陶纹饰的抽象几何纹还要更为自由和更为多样的线的曲直运动和空间构造，表现出和表达出种种形体姿态、情感意兴和气势力量……终于形成中国特有的线的艺术：书法。

许慎在《说文解字·序》中说：

仓颉之初作书，盖依类象形，故谓之文。

以后许多书家也认为，作为书法的汉字确有模拟、造型这个方面：

或像龟文，或比龙鳞，舒体放尾，长翅短身，颉若黍稷之垂颖，蕴若虫蚊之棼缊。（蔡邕：《篆势》）或栉比针列，或砥绳平直，或蜿蜒缪戾，或长邪角趣。（蔡邕：《隶势》）

缅想圣达立卦造书之意，乃复仰观俯察六合之际焉。于天地山川得玄远流峙之形，于日月星辰得经纬昭回之度，于云霞草木得霏布滋蔓之容，于衣冠文物得揖让周旋之体，于须眉口鼻得喜怒惨舒之分，于虫鱼禽兽得屈伸飞动之理，于骨角齿牙得摆抵咀嚼之势，

随手万变，任心所成，可谓通三才之品，汇备万物之性状者矣。（李
阳冰：《论篆》）

　　这表明，从篆书开始，书家和书法必须注意对客观世界各种对
象、形体、姿态的模拟、吸取，即使这种模拟吸取具有极大的灵活性、
概括性和抽象化的自由。这是一方面。另一方面，"象形"作为"文"
的本意，是汉字的始源。后世"文"的概念便扩而充之相当于"美"。
汉字书法的美也确乎建立在从象形基础上演化出来的线条章法和形
体结构之上，即在它们的曲直适宜、纵横合度、结体自如、布局完满。
甲骨文开始了这个美的历程。"至其悬针垂韭之笔致，横直转折，
安排紧凑，又如三等角之配合，空间疏密之调和，诸如此类，竟能
给一段文字以全篇之美观。此美莫非来自意境而为当时书家精意结
构可知也。"（邓以蛰：《书法之欣赏》，转引自宗白华《中国书
法中的美学思想》，《哲学研究》1962 年第 1 期。）应该说，这种
净化了的线条美——书法艺术在当时远远不是自觉的。就是到钟鼎
金文的数百年过程中，由开始的图画形体发展到后来的线的着意舒
展，由开始的单个图腾符号发展到后来长篇的铭功记事，也一直要
到东周春秋之际，才比较明显地表现出对这种书法美的有意识地追
求。它与当时铭文内容的滋蔓和文章风格的追求是正相配合一致的。
郭沫若说，"东周而后，书史之性质变而为文饰，如钟镈之铭多韵语，

以规整之款式镂刻于器表，其字体亦多作波磔而有意求工。……凡此均于审美意识之下所施之文饰也，其效用与花纹同。中国以文字为艺术品之习尚当自此始"（郭沫若：《青铜时代·周代彝铭进化观》）。这一如青铜饕餮这时也逐渐变成了好看的文饰一样。在早期，青铜饕餮和这些汉字符号（经常铸刻在不易为人所见的器物底部等处）都具严重的神圣含义，根本没考虑到审美，但到春秋战国，它作为审美对象的艺术特性便突出地独立地发展开来了。与此并行，具有某种独立性质的艺术作品和审美意识也要到这时才真正出现。

如果拿殷代的金文和周代比，前者更近于甲文，直线多而圆角少，首尾常露尖锐锋芒。但布局、结构的美虽不自觉，却已有显露。到周金中期的大篇铭文，则章法讲究，笔势圆润，风格分化，各派齐出，字体或长或圆，刻画或轻或重。著名的《毛公鼎》《散氏盘》等达到了金文艺术的极致。它们或方或圆，或结体严正，章法劲凑而刚健，一派崇高肃毅之气；或结体沉圆，似疏而密，外柔而内刚，一派开阔宽厚之容。而它们又都以圆浑沉雄的共同风格区别于殷商的尖利直拙。"中国古代商周铜器铭文里所表现章法的美，令人相信仓颉四目窥见了宇宙的神奇，获得自然界最深妙的形式的秘密"（宗白华：《中国书法中的美学思想》），"通过结构的疏密，点画的轻重，行笔的缓急……就像音乐艺术从自然界的群声里抽出音乐来，发展这乐音间相互结合的规律，用强弱、高低、节奏、旋律等有规律的变化来表现自然界、社会界的形象和内心的情感"（同上）。在这些颇带夸张的说法里，倒可以看出作为线的艺术的中国书法的某些特征：它像音乐从声音世界里提炼抽取出乐音来，依据自身的规律，独立地展开为旋律、和声一样，净化了的线条——书法美，以其挣脱和超越形体模拟的笔画（后代成为所谓"永字八法"）的自由开展，构造出一个个一篇篇错综交织、丰富多样的纸上的音乐和舞蹈，用以抒情和表意。可见，甲骨、金文之所以能开创中国书法艺术独立发展的道路，其秘密正在于它们把象形的图画模拟逐渐变而为纯粹化了（即净化）的抽象的线条和结构。这种净化了的线条——书法美，就不是一般的图案花纹的形式美、装饰美，而是真正意义上的"有意味的形式"。一般形式美经常是静止的，程式化、规格化和失去现实生命感、力量感的东西（如美术字），"有意味的形式"则恰恰相反，它是活生生的、流动的、富有生命暗示和表现力量的美。中国书法——线的艺术非前者而正是后者。所以，它不是线条的整齐一律均衡对称的形式美，而是远为多样流动的自由美。行云流水，骨力追风，有柔有刚，方圆适度。它的每一个字、每一篇、每一幅都可以有创造、有变革甚至有个性，而不作机械的重复和僵硬的规范。它既状物又抒情，兼备造型（概括性的模拟）和表现（抒发情感）两种因素和成分，并在其长久的发展行程中，终以后者占了主导和优势。书法由接近于绘画雕刻变而为可等同于音乐和舞蹈。

并且，不是书法从绘画而是绘画要从书法中吸取经验、技巧和力量。运笔的轻重、疾涩、虚实、强弱、转折顿挫、节奏韵律……净化了的线条如同音乐旋律一般，它们竟成了中国各类造型艺术和表现艺术的魂灵。

金文之后是小篆，它是笔画均匀的曲线长形，结构的美异常突出。再后是汉隶，破圆而方，变连续而断绝，再变而为行、草、真……随着时代和社会发展变迁，就在这"上下左右之位，方圆大小之形"的结体和"疏密起伏""曲直波澜"的笔势中，创造出了各种各样多彩多姿的书法艺术。它们具有高度的审美价值。与书法同类的印章也如此。在一块极为有限的小小天地中，却以其刀笔和结构，表现出种种意趣气势，形成各种风格流派，这也是中国所独有的另一"有意味的形式"。而印章究其字体始源，又仍得追溯到青铜时代的钟鼎金文。

导读

李泽厚（1930—　），著名美学家、学者。主要从事中国近代思想史和哲学、美学研究。代表作有《美的历程》《中国古代思想史论》《中国近代思想史论》《中国现代思想史论》。

本文所谈的"线的艺术"指的是中国特有的书法艺术。文章从汉字的定型确立时期切入，通过对甲骨文的考察，明确了汉字源自象形之后又超越象形。汉字也因此而区别于绘画，并逐渐形成了独特的书法艺术。尽管汉字在早期常常仅被作为神圣符号而出现，但至春秋战国时期，其作为一种审美对象的艺术特性开始独立发展。接着，作者以周代《毛公鼎》《散氏盘》为例，指出汉字之美在于它并不是静止的，相反，它充满流动性和韵律感，富于生命的意味。同时，汉字之美不仅仅在于每一个字都能达到行云流水的美感，也在于每一篇、每一幅字的合理的整体布局，以及从中更能生发出的独特个性和变革的可能。而汉字作为一种造型艺术，也因此具有了传达情感的功能。在这一意义上，汉字成为了中国造型艺术与表现艺术的灵魂。

就本文而言，作者面临的是如何对书法艺术这样一个大论题进行有效探讨的问题。文章巧妙地抓住了"钟鼎金文"这一重要载体，作者关于书法之美的讨论也正是在对钟鼎金文的发展历程和艺术美进行考察的过程中完成的。而在本文结尾处，作者甚至宕开一笔，从对书法的讨论转向对印章艺术的讨论，又从印章字体的始源再度回返到钟鼎金文上来，抓住串联全文的线索。以钟鼎金文为中心串联起零散的信息，既面面关照，又形散而神不散。

金石书画漫谈①

启功 著

　　金石书画部分的内容比较多，这里只能做一个简括的介绍，谈谈个人的一点看法，研究方面的一点门径，一点线索。

　　伟大的中华民族文化，我认为好比一朵花，花蒂、花蕊、花瓣等，都是它的重要组成部分。这个文化史讲座的各个方面，好比是花的各个部分，金、石、书、画也是其中的一个部分。

　　金、石、书、画，本不是同一性质，同一用途，但在整个的中华民族文化中，这四项都成为中华民族艺术的特征，也可说是中华民族艺术所特有的。以下按次序做一些简单的介绍。

一、金

　　金就是金属，包括铜、铁等。这里是指用铜、铁等金属所制的

①选自《中国古代文化史讲座》，广西师范大学出版社，2003年版。

器皿、器物，特别是古代的铜器。它们不管是作为实用的或是祭祀的，都是铜及其合金所制的器物。这些在商、周——人们往往说"三代"，就是夏、商、周，其实夏到现在还没有十分弄清楚，一般认为夏文化是相当于龙山文化这一系，但夏的文化究竟是什么程度，还不甚清楚。所以"三代"文化，有把握的只能指商、周。古代把商、周的铜器叫作"吉金"，就是好的金，吉祥的金。这种冶炼方法在当时已很发达，已能制造合金。制造出来的器皿，很多都有刻铸的文字。现在一般说的"金"是指金文，又叫"钟鼎文"。

商周时代，诸侯贵族常常大批地制作铜器，在上面刻铸铭文，现在陆续出土的不少。有时一个人只能铸一个器，有时又可一次铸好几个器。当时参与这种劳动的人民，实在大部分就是当时的奴隶。他们创作了千变万化的器形、装饰图案，雕铸了种种文字铭记（记载谁、在哪年、为什么事情而制作这器）。这些器物，从商周以后长期沉埋在地下。许慎有"郡国亦往往于山川得鼎彝"（参见《说文解字·序》）的话，可见汉朝时已有出土的。

这种陆续的出土，到清朝末年，成为研究的大宗。拓本、实物，日呈纷纭，使人眼花缭乱，非常丰富多彩。到了现在，对于这方面的研究探讨就更加繁荣，方法也更加科学。从前的收藏家，不是官僚就是有钱人，他们的收藏，往往秘不示人。偶然有拓本流传出来，也不是人人可得而见之的。现在印刷术方便了，从器形到文字，大家都能看到，具有研究的条件，所以研究日见深入。发掘的方式，也愈有经验，愈加科学。从前出土的器物，辗转于古董商人与收藏家之间。它是哪里出土的？不知道。甚至一个器的盖子在一个人手里，而器本身则到另一个人手里。这种情况很多。一批出土有多少铜器？也不知道，都零零星星地散出去了。这在研究上是很费事的，因为缺乏许多辅助证据。许多奸商为了贪图得利，多卖钱，还卖到外国去。我们现在从挖掘到整理、考订、印刷、编辑，都是有系统的，对于研究者有莫大的方便。可以取各个角度：器形、花纹、文字，以至它的历史背景、制作的人物、各诸侯封国的地理等等，或者是有人想学写古篆字，也可以用来作范本。例如从制作来说，往往一个人所制的不止一件，我们只要看到各器上都有同一个人的名字，便可知道它们是属于同一个人制作的一套器物。这样，我们对于古代历史、古代人的各方面（包括生活习惯），就能有更清楚、更详细、更豁亮的了解。近年来在陕西发掘了许多成套成批的窖藏青铜器，大多是同一人或同一家族的，这样研究起来就很方便了。

从宋代到清代，大都把这类器物叫作"古董"，也叫"古玩"，是文人鉴赏的玩物。即或考证点文字，也是瞎猜。我们当然不能否认他们的考证功劳，但那是极其有限、远远不够的，还有许多错误。稍进一步的，把它们当作艺术品。西洋人、日本人买去中国的古铜器，研究它们的花纹。中国人也有研究花纹的。这种情形，大约始于二十世纪二十年代左右，这仍是停留在局部的研究，偶然有几个器皿做点比较。谈到全面地着手研究，我们不能不佩服近代的容庚（希白）先生，他对于铜器研究的功劳是很大的。他著有《商周彝器通考》，连器形、花纹带铭文都加以研究，还著有《金文编》，把青铜器上的字按类、按《说文》字序编排，例如不同器皿上的"天"字，都放在一块。这是近代真正下大气力全面地介绍和研究青铜器及金文的。此外，罗振玉的《三代吉金文存》，也是很重要的资料。现在已有人着手重新把至今出土的商周铜器铭文加以统编，这就更加全面了，只是现在还没有出版。

对于文字的考释，能令人心服口服的，首推不久前故去的于思泊（省吾）先生。他的考释最为扎实，决不穿凿附会。他还用古文字考证古书，成就比清末孙诒让等人大得多了。到今天为止，容、于两先生的著作以及罗的《三代吉金文存》等，仍是我们研究铜器和金文的重要参考材料。随着条件的改善，今后在这方面的研究一定会愈来愈完备，愈来愈深入。

甲骨文也被附在金文之后，讲金石的书往往连带讲甲骨，不是附在前头就是附在后头。其实甲骨应和铜器同样看待，甲骨文是金文的前身。商代刻在甲骨和铜器上的文字，往往有很大的相似，所以甲骨也应放在我们现在谈"金"的范围。现在出版了《甲骨文合集》，非常完备，研究起来不愁没有材料，不会被人垄断了。但甲骨文我不懂，不能随便说，只能谈到这里。

二、石

金、石常常并称。事实上金、石的性质、作用并不完全一样。古代的石刻有各方面的用途，所以它的形式和内容也就不同，文字因时代的关系也不同。汉朝也有铜器，但那上面的文字和商周铜器的文字迥然不同，一看就是汉朝的东西。此外，花纹和刻法也各不相同（商周铜器上的字，大部分是铸的，少部分是刻的）。

大批石刻的出现，应该说是从汉朝开始的。汉朝以前有没有石刻？有的，譬如说"石鼓文"。石鼓甭管它是什么年代的，总是秦统一天下以前的产物。唐朝人说是周宣王时作的，也有人说是北周（即宇文周）时候制作的。后来马衡先生经过全面考证，确定它是秦的刻石。这个秦，不是统一中国的秦朝，而是在西北地方未统一中国以前的秦国。可是还有问题：秦什么公？这个公那个公，众说纷纭，到今天尚无定论。

汉以前的石刻，起码石鼓是比较完整的，有一个石鼓的文字已经脱落，但是拓本还保留着。近年在河北满城古代中山国的地区，发掘出古代中山王的墓，里头有中山王的铜器，外边有一块石头，上面有两行字，也是战国时的刻石，比石鼓晚一些，但也是汉朝以前的刻石。所以古代石刻应追溯到石鼓和中山王墓刻石。《三代吉金文存》后面附有一小块石刻，文字和铜器文字很相像。什么时候刻的？不知道。这块石头现在也不知道哪儿去了。

现在所谓的"石"，大致是指汉代及汉代以后的石刻，对之讲求、探讨的也比较多。汉朝的碑是比较多。其实，秦碑也有，只是不作碑形，常常是在山岩上磨平一块石头刻字。现在秦碑的原刻几乎没有，流传的大多是翻刻的。原石保留下来的只有《琅琊台刻石》，保存在历史博物馆，上面的每个字都已经模糊了。还有《泰山刻石》，只剩下了几个字，残石还在泰山的岱庙里摆着。其余的都已毁掉了，只有汉碑算是大宗。

什么是碑？碑本来是坟墓竖立的一种标志。碑石有大有小，记载着墓主人的生平事迹。后来推而广之，不光是为死者立碑，也应用到生人，譬如一个官员调离，当地有人立碑为他歌功颂德。事实上这种大块的碑，就是石头做的大块布告牌，譬如修一座庙，前面立一块碑，说明庙的缘起；皇帝办了一件事，臣下恭维，或者皇帝自吹自擂，也刻一块，岂不是布告牌？像秦始皇、唐明皇，都曾经在摩崖上让臣下给刻上大块歌功颂德的文章，比后世大张纸贴的布告结实得多，意在流传千古，但事实上后来有的让人凿掉了，有的是山岩崩塌了。当初立碑的本意不过是歌颂、吹捧死者、官员乃至皇帝，但后来意料之外地被人注意，得以保存流传的，不在于它那歌功颂德的内容，而在于它书写的文字，在于它保存了许许多多的书法。他们吹捧的内容，已无人注意。有人见到石刻残损文字而惋惜。我说，字少了，美术品少了一部分是坏事，但文辞少了，念不全了，未必不是被吹捧者的幸事，因为他可以少出些丑。从前人们制作拓本，往往是为了碑上头刻的字写得好，或者是时代早，宝贵得不得了。比如汉朝在华山立了一块碑，叫《华山庙碑》，在清朝末年只保留下来三本拓本，后来又发现了一本，这四本都价值连城，上面有许多人的题跋。这也不在于它的内容（当然也有人考证），而在于它的字。许多古碑也是如此。以前人对于碑只是着眼于先拓后拓，多一字少一字，稍后对碑形、花纹、制作乃至于刻工等各方面，也加以研究。这与上述对于商周铜器的研究过程很有相似之处。

汉碑这种字，不管它刻得精不精，毕竟是用刀刻出来之后，用墨拓下来的，从前得到一本都很难。今天我们看到出土的多少万支竹木简，都是汉朝人的墨迹，直接用墨写的。这在书法艺术上、史料价值上，比起汉碑来又不相同了，这待下面再说。所以说，以前的人很可怜，看到一本墨拓，就那么几个字，多一笔少一笔，这里坏一块，那里不坏，争论个不休。这是因为时代和条件都有其局限，出土的东西也少。

还有一种叫墓志，也是一大宗。坟里头埋块石头，写上这人是谁，预备日后人们不知道坟是谁的，挖开一瞧，知道是谁，人家好给他埋上。这用意是很天真的，没想到后来人家正因为他坟里有墓志，就来挖他的坟，这种情形多得很。墓志有长条的，也有方块的，汉朝还没有这种东西，从南北朝一直到唐宋，都是很盛行的。墓志也和碑的性质一样，记载着死者的事迹，也属碑刻的性质。

再有一方面是″帖″。什么叫帖？本来很简单，指的是一张纸条儿、纸片儿，多是彼此的通信。现在还有便条儿——随便的纸条儿（今天的名片，也是纸条儿）。上边的字，写得比较随便，不像写碑那么郑重其事，确实另有趣味，大家比较重视，把这些有趣味的东西汇集起来。因为古代没有影印技术，只好勾摹下来刻在石头上或木板上，再用纸和墨拓下来，等于刻木板印书的办法，这种印刷品被人称作″帖″。事实上帖本来不是指墨拓的东西，而是指被刻的内容，即没刻以前的原件（纸条儿）叫″帖″。好比这是一部书，叫作《诗经》或《左传》，不是说它这个书套子或部头叫《诗经》或《左传》，而是指它的文字内容。所以″帖″也是指所摹刻的内容。这个意义扩大了，凡是墨拓的刻本，被人作为字样子来写，作为参考品的，都被称作″帖″。如有人说″我这儿有一本帖″，打开一瞧，是个汉碑。为什么也把它叫作″帖″？因为它已经裁了条，裱成本，被人作为习字的范本，所以也被称作″帖″。因此说，″帖″的意义已经扩大了，凡是墨拓的、石刻的、裱成本的，大家都管它叫作″帖″。

帖写的多半是行书，随便写的；而碑版多半是很规矩、很郑重的。

所以一般又管写行书一派的叫"帖学"，管写楷书一派的叫"碑学"。这种说法，我认为是不太科学的。

现在，印刷技术方便了，碑帖的印本也多起来了，这里无法多举例，因为太多了。要论起整部的书来，比较方便查阅的，有清末民初的杨惺吾（守敬）编的一本《寰宇贞石图》，把整篇整幅的碑文影印出来，可以使我们看到碑版的全貌，很有用处；但是它是缩小的，碑有一丈、八尺，它也只能印成这么一张纸片儿，而且碑版的数量及文字说明也不多。近代赵万里先生辑有一部《魏晋南北朝墓志考释》，都是墓志，既影印拓本，也考释文辞，是很好的。讨论石刻，有一部书也很重要，就是清朝末年叶昌炽所编的《语石》，它从各个角度、各个方面来论述石刻：多少种类，多少样子，多少用途，多少文字，多少书家……分量不多，但内容极其丰富，所遗憾的是没有附插图，要是每谈一个问题、每举一个例子，都附上插图，就方便多了。今天要是想给《语石》补插图，就有很大的困难，许多原石都已找不到了。我想将来会有人给它进行扩充的。《语石》这种书，现在的人不是不能做，因为现在所出土的汉魏六朝隋唐的碑和墓志极多，比当年叶昌炽所能看到的要多出若干倍，要是加以统编，细细研究，附上插图，那就太好了。最近上海要出一本"扩大石刻文字汇编"之类的书（名字还未定），不久出版，最为方便了。

叶昌炽在他的《语石》一书中说：我研究这些石刻，主要是因为它们的字写得好（大意）。字好，是碑存在的一个重要因素。立碑刻碑的人是为了歌颂他自己。人家保存这个碑，却是因为它写的字好。这是立碑、刻碑的人始料所不及的。由此可见，书法艺术自有它独立的、不能磨灭的艺术价值。

三、书

"书"本是文字符号。现在提的"书"不是从文字符号讲，也不是从文字学讲，而是从书法艺术讲。书法在中华民族有很深远的影响，由于汉字不仅被汉族、也被少数民族不同程度地使用着，所以，书法在中华民族文化中占很重要的位置。曾经有人提出：书法不是艺术。理由是西洋古代没有一个国家、一个民族把书法当艺术的。其实，中国特有而外国没有的东西太多了，难道都不算艺术了吗？如《红楼梦》是中国特有的，外国没有，就不算文学了吗？现在，这种观点逐渐纠正过来了。大家知道，书法是一种艺术，并且是广大人民喜闻乐见、非常爱好的艺术。

中国的汉字（各个有文字的民族都一样）一出现，写字的人就有要"写得好看"的要求和欲望。如甲骨文就是如此，不论单个字还是全篇字，结构章法都很好看。可见，自从有写字的行动以来，就伴随着艺术的要求，美观的要求。

　　秦汉以来的墨迹，近年出土的非常多。这里面丰富多彩，字形、笔法、风格，变化极多。从前只看到汉简，现在可以看到秦代的了。如湖北睡虎地的秦简，全是秦隶。从前人们看见一本残缺不全的汉碑拓本，便视为珍宝。现在可以看见汉朝人的亲笔墨迹。日本人用过一个词，把墨迹叫作"肉迹"，即有血有肉，痛痒相关，我很欣赏这个词，经常借用。现在可以看到成千上万的秦汉人的"肉迹"，这是我们研究文学、研究书法、研究古代历史的莫大的幸福。

　　不论是秦隶还是汉隶，都是刚从篆体演变过来的，写起来单调而且费事。所以到了晋朝后，真书（又叫楷书、正书）开始定型。虽然各家写法不同，风格不同，但字形的结构形式是一致的。各种字体所运用的时间都不如真书时间久，真书至今仍在运用。为什么真书能运用这么久？因为这种字形在组织上有它的优越性。字形准确，写起来方便，转折自然，可连写，甚至多写一笔少写一笔也容易被人发现。真书写得萦连一点就是行书，再写得快一点就是草书。当然，草书另有一个来源，是从汉朝的章草演变而来的。但到东晋以后它就与真书合流了，是用真书的笔法写草书，与用汉隶的笔法写章草不同。

　　真书行书的系统既是多有方便，所以千姿百态的作品不断出现，风格多种多样，出现了各种字体（艺术风格上被称为字体），比如颜体、柳体、欧体、褚体等。为什么以前没有？因为以前没有人专职写字、专以书法著名的，就连王羲之也不是专职写字的人。古代也没有"书法艺术家"这个称呼。当时许多碑都是刻碑的工人写的，到了唐朝才有文人写碑。唐太宗自己爱写字，自己写了两个碑——《晋祠铭》《温泉铭》，还把这两个碑的拓本送给外国使臣。当时的文人和名臣，如虞世南、欧阳询、褚遂良、薛稷、薛曜以及后来的颜真卿、柳公权等人都写碑。这样，书法的风格流派也逐渐增多了。其实，今天看见的敦煌、吐鲁番等地出土的文书、写经等，其水平真有远远超过写碑版的。唐朝一般人的文书里，行书的书法也有比《晋祠铭》好得多的，但那些皇帝、大官写出来的就被人重视。我们要知道，唐朝有许多无名的书法家的水平是很高的，写的字非常精美。晋唐流传下来的作品（不论是刻石还是墨迹）非常多，我们的眼福实在不浅。

附带说一下名称问题：古代称好的书法作品为"法书"，是说这件作品足以为法，书法、书道、书艺是指书写的方法，现在合二而一了，一律叫作"书法"。把写的字也叫作"书法"，省略了"作品"二字，可以说是"约定俗成"了。

如把"书"平列在"金""石""画"之间，那它的作用和用途就大多了，广多了。生活中的各个地方，没有与书法无关的，没有用不上书法的。也可以说，书法已经出现在任何地方，也发挥着极大的效用。从书法作品、实用的装饰品到书信往来，作为交际语言的记录工具，两人以至两国的信用证明（签字）都要用书法。书法活动既可以锻炼艺术情操，又可以调心养气，收到健身的效果。总而言之，今天看到书法有这样广大的爱好者，原因很简单，就是它和人们生活的关系十分密切。这种密切的关系又非常长久，北朝人曾经说过"尺牍书疏，千里面目"。给人写封信（尺牍）、写个条（书疏）等于相隔千里之远的两个人见面。现在有传真照相，可以寄照片，这是"千里面目"，但古代没有，看一封信，感到很亲切，如见其人。书法被人作为人格、形象的代表，自古以来就是这样。

有人常常问到什么是书法知识，说明需要抓紧编写学习书法的参考书。碑帖影印的很多了，但系统的讲解、分析不是很够。怎么去写？大家很愿意了解。各家有各家的心得，这里就不多谈了。大家了解了书法的沿革，再多参考古代的碑帖，多看古代的墨迹，这样对书法的了解自然就会深刻，这样对写也有很多方便的地方。

四、画

画的起源，不用详谈。初民怎么画，只要看小孩怎么画就会明白。画很简单，可是要有新鲜的趣味。看见什么就画什么，生活里面遇到什么，就随手画、刻到墙上，这是很自然的。值得特别注意的是，自从绘画成熟以后，形体逐渐地准确了，颜色也逐渐地丰富了。绘画成熟在什么时代？我们的估计往往是不对的。从近代科学考古发掘出的成果，可以看到这一点。画成熟的时代应该很早。古代的文化，从商周以来，不知经过多少次毁灭性的破坏，使后世无法看到。商周的铜器的铸造方法，近代很多人奇怪，那时就有那么高的合金技术！透光镜（铜镜子，可以透出光照到墙上）经过多少人研究，现代才发现有两种制作方案，但古人用哪一种方案，至今也不清楚。这说明我们有许多的科学发明、科学成就随着毁灭性的破坏而消失了。古代的绘画更脆弱了。一种是画在墙上，以为墙是结实的，但随着墙的毁坏，画也没有了。画在帛上的也不延年。唐宋人没见过古代的绘画，只看过武梁祠画像，根据这些推测判断汉朝绘画，以为汉朝绘画就是这样的，这样推论的起点太低了。不止绘画一种，我们对古代文化不了解的地方太多了。近代发现了汉朝墓壁里的壁画，大家的看法才有所改观，觉得从前的推测是错的。近年长沙马王堆出土了帛画，使人看到出丧幡上的帛画，精致极了，比武梁祠的画不知高出多少倍。假定帛画是一百分，武梁祠的画只能算不及格。人们看到马王堆的帛画，无不惊诧变色，这才知道古代绘画水平已达到什么地步。我们应该以这（西汉初年）作为起点，往上推测商周绘画应该有什么样的成就。看到了马王堆出土的帛画以后，有人说，我们的绘画史应重新写，已写出的全错了，因为起点（最低点）定错了。

今天我们研究古代绘画，有这么丰富的材料，但我们必须有正确的看法，这才能进行研究。看法和起点要是错了，研究就得不到正确的结论。唐以前和唐人的好画，多画在墙壁上，大多数已随着建筑物的毁坏而无存了，幸亏西北有许多干燥的洞窟壁画。首先是敦煌，敦煌壁画给我们提供了极丰富的宝贵的材料。敦煌许多画在绸帛上的画被外国人掠夺走了，国内流传下来的只是一部分。现在西北出土的一些残缺的绢画，即使是零块，都是非常精美的。这些东西的保存，对今天探讨古代绘画的源流有很大的作用。现在有没有流传下来的古画算是唐代或唐以前的呢？有。但这些画事实上都是经过第二手摹下来的，很少有真正的唐朝人直接画了留下来的。即使画稿、形象是某名家的作品，但画上的墨迹也不是作者本人的。古代没有别的办法，幸亏摹下副本，否则今天一点影子也看不到了。

我们对待古画要持科学态度：哪些是可信的古代人直接画下来的，哪些是后代人的复制品。但许多古董商人，不是从学术出发，而是从价值观念出发，顺口说这是唐朝的，那是宋朝的，时代越早越贵，可以多卖钱。事实上与学术无关。我们参考画风，研究画派，看这些摹本、仿本、临本不是不可以，但要知道是什么时代的人临的、仿的，如果听信大古董商的说法，把宋元的硬说成唐宋的，这样科学系统就乱了。譬如看京戏，如果真承认那位男演员扮女角即是一个女子，一个花脸角色的演员本人真就长得脸上花红柳绿的，这便成了小孩或傻子了。

宋朝人的画，多半是室内装饰品，很大的一张挂在屋里，比画在墙上进了一步。元朝才有多卷册小品，在桌上摆着，作为案头玩赏的东西。这如同戏剧底本由舞台到案头一样。原来剧本是在舞台唱的，实用的，后来成为文人创作后摆在案头欣赏，并不是在舞台上演的。有许多只能在案头看，是舞台上唱不了的。我们明白了这个道理，知道哪是墙壁上的画，哪是案头上的画，这样才能探索宋元以来的画派、画风。大家总是谈论宋朝画如何，元朝画又怎么变，哪是匠人画，哪是画家画，哪是文人画，分析了半天，争论了半天，这个道理却少有人探讨。我觉得，我们今天研究古代绘画的沿革，必须考虑到这一点：在墙上画是什么样子？画在绢上贴在墙上是什么样子？案头画的小品又是什么样子？这些问题必须弄清楚。

到了元朝以后出现一种文人画——案头的玩赏的小品（不管它多大张幅也是属于这个系统）。墙壁上的画，实际上和装饰画是一派。文人案头画是一派，对这一派也有许多争论，但它也有它的新趣味，不能一笔抹杀。这一种风格的影响有几百年。宋朝已经开始了，如苏东坡喜欢随便画点竹子，画树，画块石头。现在还有一件真迹，树画一个圈儿，底下是石头。按照画家的要求，这画画得非常外行，非常不及格，但这是真的。米芾画的《珊瑚笔架图》，笔道七扭八歪。这是文人游戏的笔墨。到了元朝才逐渐出现精美的文人画，影响一直到现在。这一派，这种创作方法，至今尚占很大的比重。

今天研究绘画确实方便多了，印刷品越来越精了，越来越多了。我们现在要想研究，有几点特别要注意。现在研究古代绘画，研究绘画沿革历史，必须从实物出发，得看到真正的原作（包括影印品），客观地比较，虚心地分析。只看书本上说的不够，只听别人讲的也不够，必须从实物出发，真正地客观地作了比较，我们才能得出正确的论断和新颖的见解。这种比较在古代、在从前印刷困难、地下出土的东西不多时是没有办法的。在今天，我们确实是方便多了。

现在研究古代的绘画，又出现了两种困难。一是出现了太窄的现象。我认为，研究绘画，研究绘画沿革，不论在中国、在外国都出现了这样一种现象：研究一家，只抱住一家，翻来覆去地考证探索。须知这一家不能孤立存在，必须和当时的环境、当时的时代联系起来。"窄"还表现在只研究一家的一个方面，如一个画家又会画兰竹，又会画山水，又会画松树，却只是专门研究他画的竹子。这样就钻进了牛角尖而不自觉。二是论据必须是真品。有许多是假的，是古董商人瞎吹的。你根据的真伪还不分，不能"去伪存真"，又怎么能"去粗取精"呢？首先要辨别真伪。这里就出现一个问题，今天辨别真伪的标准，也被古董商人搅乱了。从明清以来就有这种情况：真画儿换假跋，真跋配假画儿，哪个名气大、哪个早、哪个值钱就写哪个。后来研究者也常陷入古董商人的这个标准。如评论是纸本还是绢本，质地颜色洁白还是昏黑，黑了就用漂白粉拼命冲洗，画儿的笔墨都不清楚了，底子可白了，那也要。因为"纸白版新"，这是古董商的标准。常见著录的书上说"这是上品"，但笔墨画法并不高明。为什么是上品？就因为"纸白"，其实那是用化学药品冲洗白的。又如完整还是破碎，中国藏还是外国藏等，有许多人认为是外国藏的就好，其实这是令人很痛心的事。我虽然也忝被列入了"鉴定家"的行列，但我"知物不知价"。"'纸白版新'就好""这个值钱多"……这些我一点儿也不懂，因为我没做过古董商人。

总之，今天研究绘画，必须根据可靠的、可信的资料，要辨别真伪，真到什么程度，是作者亲笔还是复制品？我们为研究一种风格，复制品也有价值。当然，从古董的价钱说，复制品与原作不同，但如从学术上讲，是有研究价值的。现在印刷品很多，有了彩色印刷，虽然比起原作还有差距，但无论如何比黑白的好多了。我们受近代科学的嘉惠，受近代科学之赐，研究绘画更方便了。

今天研究金石书画的条件已千倍万倍地优于前人，我们研究的便利比古人要大得多。只要我们的观点是正确的，从实物而不是从现象出发，博学、广问、慎思、明辨，自己有一定的立脚点而不随声附和，我们的成绩会是无限的。

导读

　　启功（1912—2005），字元白，也作元伯，中国当代著名教育家、古典文献学家、书画家。

　　《金石书画漫谈》对金石书画的概念、历史与研究分别进行了界定与简要的梳理。"金"指金属所制器皿，历史可上溯到商、周铸造的青铜器。对铜器的研究至清朝末年已成大宗，包括器皿的制造、纹饰及铭文都被纳入了研究的视野之内。"石"即石刻，可追溯到先秦的石鼓文。现在所称的"石"多指汉代之后的石刻，包括碑、墓志，以及石刻拓印的"帖"。石刻用途极广，数量极大，这也是石刻研究的困难之处。石刻研究的一个重要部分是对其书法的研究，文章由此转入对"书"的介绍。"书"指书法，是中国特有的一种艺术。书法是与写字的行为相伴而生的，历史悠长、用途广泛，在书法研究方面亦众说纷纭。对书法的研究与学习应基于对书法的沿革、古代的碑帖、墨迹的理解与熟悉之上。由于历史之长、材料之丰，对古代绘画的研究首先需要确定正确的起点与看法。其次，在研究绘画时应拓宽关注面，避免窄化。第三，对研究的绘画应仔细鉴别，排除古董商人的不良影响而去伪存真、去粗存精。启功认为，金石书画是中华民族艺术的特征，彼此之间亦相互联系，研究金石书画对进入中华民族传统艺术的世界极有助益。启功又指出，在从事研究之时重要的是，我们应有正确的观点，立足于实物而非现象，不随声附和。理解这些，对于我们从事其他的研究，也有很大的借鉴意义。

孟浩然①

闻一多 著

　　当年孙润夫家所藏王维画的孟浩然像，据《韵语阳秋》的作者葛立方说，是个很不高明的摹本，连所附的王维自己和陆羽、张洎等三篇题识，据他看，也是一手摹出的。葛氏的鉴定大概是对的，但他并没有否认那"俗工"所据的底本，即张洎亲眼见到的孟浩然像，确是王维的真迹。这幅画，据张洎的题识说：

　　虽轴尘缣古，尚可窥览。观右丞笔迹，穷极神妙。襄阳之状颀而长，峭而瘦，衣白袍，靴帽重戴，乘款段马——一童总角，提书笈负琴而从——风仪落落，凛然如生。

　　这在今天，差不多不用证明，就可以相信是逼真的孟浩然。并不是说我们知道浩然多病，就可以断定他当瘦。实在经验告诉我们，

---

① 选自《唐诗杂论》，上海古籍出版社，1998年版。此文原载于《大国民报》，后在1948年收入《闻一多全集》。

什么人是当如其诗的。你在孟浩然诗中所意识到的诗人那身影，能不是"颀而长，峭而瘦"的吗？连那件白袍，恐怕都是天造地设，丝毫不可移动的成分。白袍靴帽固然是"布衣"孟浩然分内的装束，尤其是诗人孟浩然必然的扮相。编《孟浩然集》的王士源应是和浩然很熟的人，不错，他在序文里用来开始介绍这位诗人的"骨貌淑清，风神散朗"八字，与夫陶翰《送孟六入蜀序》所谓"精朗奇素"，无一不与画像的精神相合，也无一不与孟浩然的诗境一致。总之，诗如其人，或人就是诗，再没有比孟浩然更具体的例证了。

张祜曾有过"襄阳属浩然"之句，我们却要说：浩然也属于襄阳。也许正惟浩然是属于襄阳的，所以襄阳也属于他。大半辈子岁月在这里度过，大多数诗章是在这地方、因这地方、为这地方而写的。没有第二个襄阳人比孟浩然更忠于襄阳，更爱襄阳的。晚年漫游南北，看过多少名胜，到头还是"山水观形胜，襄阳美会稽"。实在襄阳的人杰地灵，恐怕比它的山水形胜更值得人赞美。从汉阴丈人到庞德公，多少令人神往的风流人物，我们简直不能想象一部《襄阳耆旧传》对于少年的孟浩然是何等深厚的一个影响。了解了这一层，我们才可以认识孟浩然的人，孟浩然的诗。

隐居本是那时代普遍的倾向，但在旁人仅仅是一个期望，至多也只是点暂时的调剂，或过期的赔偿，在孟浩然却是一个完完整整的事实。在构成这事实的复杂因素中，家乡的历史地理背景，我想，是很重要的一点。

在一个乱世，例如庞德公的时代，对于某种特别性格的人，入山采药，一去不返，本是唯一的出路。但生在"开元全盛日"的孟浩然，有那必要吗？然则为什么三番两次朋友伸过援引的手来，都被拒绝，甚至最后和本州采访使韩朝宗约好了一同入京，到头还是喝得酩酊大醉，让韩公等烦了，一赌气独自先走了呢？正如当时许多有隐士倾向的读书人，孟浩然原来是为隐居而隐居，为着一个浪漫的理想，为着对古人的一个神圣的默契而隐居。在他这回，无疑的那成立默契的对象便是庞德公。孟浩然当然不能为韩朝宗背弃庞公。鹿门山不许他，他自己家园所在，也就是"庞公栖隐处"的鹿门山，决不许他那样做。

鹿门月照开烟树，忽到庞公栖隐处，岩扉松径长寂寥，惟有幽人自来去。

这幽人究竟是谁？庞公的精灵，还是诗人自己？恐怕那时他自己也分辨不出，因为心理上他早与那位先贤同体化了。历史的庞德公给了他启示，地理的鹿门山给了他方便，这两项重要条件具备了，隐居的事实便容易完成得多了。实在，鹿门山的家园早已使隐居成为既成事实，只要念头一转，承认自己是庞公的继承人，此身便俨然是《高士传》中的人物了。总之，是襄阳的历史地理环境促成孟浩然一生老于布衣的。孟浩然毕竟是襄阳的孟浩然。

我们似乎为奖励人性中的矛盾，以保证生活的丰富，几千年来一直让儒道两派思想维持着均势，于是读书人便永远在一种心灵的僵局中折磨自己，巢由与伊皋，江湖与魏阙，永远矛盾着，冲突着，于是生活便永远不谐调，而文艺也便永远不缺少题材。矛盾是常态，愈矛盾则愈常态。今天是伊皋，明天是巢由，后天又是伊皋，这是行为的矛盾。当巢由时向往着伊皋，当了伊皋，又不能忘怀于巢由，这是行为与感情间的矛盾。在这双重矛盾的夹缠中打转，是当时一般的现象。反正用诗一发泄，任何矛盾都注销了。诗是唐人排解感情纠葛的特效剂，说不定他们正因有诗作保障，才敢于放心大胆地制造矛盾，因而那时代的矛盾人格才特别多。自然，反过来说，矛盾愈深愈多，诗的产量也愈大了。孟浩然一生没有功名，除在张九龄的荆州幕中一度当过清客外，也没有半个官职；自然不会发生第一项矛盾问题。但这似乎就是他的一贯性的最高限度。因为虽然身在江湖，他的心并没有完全忘记魏阙。下面不过是许多显明例证中之一：

欲济无舟楫，端居耻圣明，坐观垂钓者，徒有羡鱼情。

然而"羡鱼"毕竟是人情所难免的，能始终仅仅"临渊羡鱼"，

而并不"退而结网",实在已经是难得的一贯了。听李白这番热情的赞叹,便知道孟浩然超出他的时代多么远:

吾爱孟夫子,风流天下闻。红颜弃轩冕,白首卧松云。醉月频中圣,迷花不事君。高山安可仰,徒此揖清芬。

可是我们不要忘记矛盾与诗的因果关系,许多诗是为给生活的矛盾求统一、求调和而产生的。孟浩然既免除了一部分矛盾,对于他,诗的需要便当减少了。果然,他的诗是不多,量不多,质也不多。量不多,有他的同时人作见证,杜甫讲过的:"吾怜孟浩然……赋诗虽不多,往往凌鲍谢。"质不多,前人似乎也早已见到。苏轼曾经批评他"韵高而才短,如造内法酒手,而无材料"。这话诚如张戒在《岁寒堂诗话》里所承认的,是说尽了孟浩然,但也要看"才"字如何解释。才如果是指才情与才学二者而言,那就对了,如果专指才学,还算没有说尽。情当然比学重要得多。说一个人的诗缺少情的深度和厚度,等于说他的诗的质不够高。孟浩然诗中质高的有是有些,数量总是太少。"气蒸云梦泽,波撼岳阳城"式的和"微云淡河汉,疏雨滴梧桐"式的句子,在集中几乎都找不出第二个例子。论前者,质和量当然都不如杜甫,论后者,至少在量上不如王维。甚至"不材明主弃,多病故人疏",质量都不如刘长卿和十才子。

这些都不是真正的孟浩然。真孟浩然不是将诗紧紧地筑在一联或一句里，而是将它冲淡了，平均地分散在全篇中：

　　出谷未停午，到家日已曛。回瞻下山路，但见牛羊群。樵子暗相失，草虫寒不闻。衡门犹未掩，伫立望夫君。

甚至淡到令你疑心到底有诗没有。

　　垂钓坐盘石，水清心亦闲。鱼行潭树下，猿挂鸟藤间。游女昔解佩，传闻于此山。求之不可得，沼月棹歌还。

　　淡到看不见诗了，才是真正孟浩然的诗，不，说是孟浩然的诗，倒不如说是诗的孟浩然，更为准确。在许多旁人，诗是人的精华，在孟浩然，诗纵非人的糟粕，也是人的剩余。在最后这首诗里，孟浩然几曾作过诗？他只是谈话而已。甚至要紧的还不是那些话，而是谈话人的那副"风神散朗"的姿态。读到"求之不可得，沼月棹歌还"，我们得到一如张洎从画像所得到的印象，"风仪落落，凛然如生"。得到了像，便可以忘言，得到了"诗的孟浩然"便可以忘掉"孟浩然的诗"了。这是我们前面所提到的"诗如其人"或"人就是诗"的另一解释。

超过了诗也好，够不上诗也好，任凭你从环子的哪一点看起。反正除了孟浩然，古今并没有第二个诗人到过这境界。东坡说他没有才，东坡自己的毛病，就在才太多。

庄子笑曰："周将处乎材与不材之间。材与不材之间，似之而非也，故未免乎累。"

谁能了解庄子的道理，就能了解孟浩然的诗，当然也得承认那点"累"。至于"似之而非"，而又能"免乎累"，那除陶渊明，还有谁呢？

导读

　　闻一多（1899—1946），中国现代诗人、学者、民主战士，前期新月派代表人物。其对纠正早期新诗过分散漫自由、推动新诗发展有突出贡献，作诗讲求节制情感，以"和谐""均齐"作为重要的审美特征。闻一多曾留学美国，其诗歌往往传达他在学习西方文化的同时感受到的民族与文化的压迫。这种矛盾催生了其诗独特的"沉郁"风格。代表作有《死水》《红烛》。同时，闻一多也致力于中国古代文学的研究，著有《楚辞校补》《唐诗杂论》等。作为坚定的民主战士，闻一多于1946年在昆明被国民党特务暗杀。

　　孟浩然（689—740），襄阳人，世称孟襄阳，因其一生未曾入仕，又称孟山人。唐代著名山水田园诗人，其诗多写山水田园以及羁旅行役的心情，具有闲静淡远之风，与王维并称"王孟"。

　　本文谈孟浩然其诗其人，是从一幅画像入手。画像中消瘦颀长、风仪落落的形象恰是读者能从其诗中辨认出的孟浩然，从而指出孟浩然"诗人一体"——不仅是隐逸的诗，也是出世的人，真正将归隐的期望活成了现实。这种彻底的隐逸与襄阳有关，襄阳在文化上有山阴丈人、庞德公等高士的旧精魂，地理上的鹿门山也给予隐逸以方便。因此，虽然偶有庙堂与江湖的矛盾，但孟浩然真正做到了以布衣而终老，已然超越了自己的时代。这样，孟浩然也无须以诗歌作为纾解矛盾的出口。因此，其诗量不多，质也不高。真正属于孟浩然的诗是极其冲淡的，甚至淡到"没有诗"。而在诗消失的地方，诗的孟浩然显现了。孟诗所呈现的，正是庄子所谓的处于"材与不材"之间。

本文尽管是关于孟浩然的诗论与传略，但并不以枯燥深奥的学术性文字写来。全文以平易自然的语言进行考察、讨论，不仅对理解孟浩然其诗、其人有极大的帮助，本身也是一篇回味无穷的美文。

眺望理想的群山

理想是青年人的一种精神追求，人应该有怎样的理想，如何为自己的理想而奋斗，是值得每个青年思索、实践的问题。本单元所选的文章，或是对理想生活状态的描绘，或是对自我理想追求的探索，或是对他人探索理想心路历程的展示，写出了不同人的理想和理想人格。了解前人的相关思考与行动，对于我们确立、实现自己的理想大有裨益，让我们一起眺望这些理想的群山吧。

亲爱的提奥（节选）①

〔荷兰〕凡·高 著　平野 译

　　在波里纳日看不到画；一般说来，人们甚至不知道什么叫作画。但是尽管如此，乡村还是十分美丽的，每一样东西都在说话，都充满着性格特征。近来大地已经盖上了雪；每一样东西都使我想起别号"农民画家"的勃吕盖尔的画中的一幅，以及许多其他画家的画，他们懂得怎样出色地表现红色与绿色、黑色与白色的特殊的效果。这里有中间凹下去的道路，遍地长满了荆棘小树丛，以及有着奇形怪状树根的古老的长木瘤的树，它完全与丢勒的铜版画《死神与骑士》中的道路一样。

　　所以，在没几天之前，看着煤矿工人们傍晚踏雪回家，真是一番奇妙的景色。这些人实在是黑。当他们从黑暗的煤矿里出来，进入白天，他们的样子看起来实在像打扫烟囱的工人。他们的住房很小，只能够称之为棚舍；它们散布在那些中间凹下去的道路旁边、树林

---

①选自《亲爱的提奥》，南海出版公司，2001 年版。

里与山坡上。人们到处可见长着青苔的屋顶，傍晚的时候，灯光透过小格子的窗户亲切地照射出来。

人们在周围一带地方，随处可以看到大烟囱，还有在煤矿矿坑入口的地方摆着的大堆的煤山，就是所谓"夏姆泼内日"。布斯布姆画的大幅素描《肖德封登》很好地表现了乡村的特点，只是在这里到处是煤，而在肖德封登则到处是铁。

正像我们勃拉邦有榆树的矮树丛，在荷兰有柳树一样，在这里可以看到围着花园、田地与牧场的黑荆棘。由于下了雪，就像是白纸上写的黑字，福音书的书页一样。

……

今天晚上，冰雪开始解冻了；我没法告诉你，这个丘陵起伏的乡村解冻时是多么美丽。现在雪正在融化，种着绿色谷物的田野重新露出它的面目。从一个外国人的眼光来看，这里的村庄是一座有着无数狭窄的街道与点缀着矿工小屋的山谷的迷宫。你可以把它拿来与类似什温宁根那样的村庄，尤其是那里的破烂的街道做一个比较，或者把它拿来与我们在图画中见到的布列塔尼的村庄相比。

几天之前，在晚上七点钟左右，这里有过一次很大的暴风雨。离我们的房子很近的一个地方，人们可以从那里俯瞰波里纳日的大部分地区。那些烟囱，那些煤堆，那些矿工的小屋，那些像窝里的蚂蚁似的成天匆忙来往的小小的黑色的人，那些远处黑色松林衬托

出的小小的白色房子，一些教堂的塔尖，以及再远处的一座古老的
磨坊。在平常的日子里，这里笼罩着一层朦胧的烟雾，有一种由冈
峦所形成的光暗变化的奇异效果，使人想起一幅伦勃朗或者米歇尔、
鲁易斯达尔的绘画。

而在那暴风雨的漆黑的夜里，雷电使每一件东西忽隐忽现，形
成一种奇怪的效果。附近的马尔开塞煤矿的幽暗的大建筑物，孤零
零地竖立在宽敞的田野里，不禁使人联想到诺亚的巨大的方舟处在
大洪水与可怕的倾盆大雨、雷电闪光的昏暗之中的情形。在今天晚
上讲解《圣经》的时候，我根据那次暴风雨的印象，讲述了一个沉
船的故事。

……

我十分了解伦勃朗、米莱、朱理·杜普列、德拉克洛瓦、米莱
斯与马里斯。可是——现在我不再有那种环境，然而那种被称之为
灵魂的东西（他们认为它是永远不会死的，是不朽的），被艺术家
们经常不断地、永远地继续进行探索。为了克服这种相思病，我对
自己说：那种绘画之邦，或者艺术的祖国，是到处存在的。为了克
服悲观失望的情绪，我选择了积极的忧郁的态度。我宁要有着希望、
期待与探求的忧郁，而不要逆境与灾祸中的悲观失望。所以我多少
有几分严格地攻读我所能得到的图书，读着《圣经》，米涅的《法
国革命史》，去年冬天读莎士比亚、维克多·雨果、狄更斯与哈里特·比

彻·斯托①，近来读埃斯库勒斯②；然后是其他几位作家的著作，古典的著作不多，多是一些伟大的"小大师"。

现在那些沉溺于此道的人，在别人看来，往往是不愉快的与令人吃惊的，他们不是出于本意地、或多或少地违反某些体制、习俗与社会惯例。这是一种令人遗憾的事，无论如何，这是使人感到不愉快的。例如，你知道，我平常总是不修边幅；我承认这一点，并且承认这件事是使别人吃惊的。再来看一看你的情况，贫困再加上灰心丧气。然而有时候，这些会成为使一个人为了集中精力钻研某些使他入迷的东西而必须隐遁的好方法。

……

这是忍耐，是真正的忍耐，不是牧师的忍耐。这些瘦马，这些可怜的、被虐待的老马，黑的、白的、棕色的马；它们忍耐地、柔顺地、心甘情愿地、从容自在地站着。它们还是把沉重的渔船拉上最后一小段路；工作快要结束，它们稍停一会儿。它们喘气，它们汗流浃背，可是它们不发怨言，它们没有提出抗议，它们没有提出控诉，什么也不说。它们把痛苦忘得一干二净。它们苟且地活着与劳动着，如果要它们明天去屠宰场的话，那么，就听其如此，它们已经准备好了。我在这幅画中发现一种深刻的、实际的、无言的哲学。它似乎说："学会忍耐，不要自怜，这是唯一实际的事，这是伟大的学问，必修的功课，解决生活的问题的好办法。"我以为毛威的这幅画，是为米

---

①哈里特·比彻·斯托（1811—1896）：美国女作家，著有《汤姆叔叔的小屋》等书。
②埃斯库勒斯（前525—前456）：古希腊伟大的诗人与剧作家，恩格斯称他为"悲剧之父"。

莱所称赞的那种少有的绘画作品。米莱会在这种画前面长久地站着，嘴里喃喃自语："画得很有感情，这才是画家。"

我现在正处在使以前辛苦的劳动变成更多的愉快的时期。每个星期我都要画出一些我过去画不出来的东西，这好像是返老还童。这是自觉，除了疾病以外，没有任何东西能够毁灭我现在开始发展的动力。观察一样东西，欣赏一样东西，这是一件了不起的事；经过一番考虑之后，我就说：我要把它画下来，用心地画，一直到把它完全画到纸上为止。

唉，提奥，我的好兄弟，你为什么不放弃一切工作，去做一个画家？只要你愿意，你能够成为一个画家。我的心里时常猜想，你有潜在的成为优秀风景画家的才能。我认为你一定可以把桦树林画得很漂亮，画田野中的犁沟，画雪与天空。

……

今天我寄给你一幅素描，向你表示我对你在难以挨过的冬天为我所做的一切的感谢。当去年夏天你给我看米莱的大幅木刻《靠背椅子》的时候，我想：一根线条能够表现出多少东西啊！我当然不自以为自己能够在一根轮廓线中表现出像米莱那样多的东西，但是我努力在这个形象上注入相当的感情。我只希望这幅素描能够使你高兴。我认为，《悲哀》是我过去不曾有过的最好的人物画，因此我应该把这幅画送给你。我以为，要是把它贴在没有花纹的灰色衬纸上，效果一定很好。

当然，我并不经常以这种风格画素描，但是我很喜爱用这种方法画的英国素描，所以这一次我尝试用这种画法，也并不奇怪；由于这是送给你的，你对这样的作品是内行，所以我并不隐瞒颇为惆怅的心情。我不曾在送给你的素描上喷固定液，要是上面有令人讨厌的发亮的污点的话，只要泼上一大杯牛奶或者掺水的牛奶，等它干了以后，你就可以看到一种特别的、饱和的黑色，要比通常见到的铅笔画有更好的效果。

我部分同意你关于一些素描的样子很像毛糙的铜版画的说法。无论如何，我相信这是素描中的特殊效果，我以为美术鉴赏家之所以那样欣赏它，与其说是由于感情激动导致特别的抖动，还不如说是由于所用材料的关系（铜版画的情况当然不同，那是由铜版上的毛刺造成的）。在我自己的习作中，有一些颇像我所说的毛糙的画。我以为，要获得这种特殊的毛糙的效果，就不应该用亚笔画，而要用在油里浸过的木炭条。

人们用在油里浸过的木炭条能够画出伟大的作品，我曾经在魏森勃鲁赫那里看到过这种画。油使木炭条凝固，同时画出来的黑色变得暖和而深沉。但是我扪心自问：一年以后再这样画，要比现在就这样画来得合适，因为我需要的不是来自材料的美，而是发自我内心的美。当我稍微有一点进步的时候，我就要经常穿得漂漂亮亮——这就是说，我将要用更有效果的绘画材料来作画。如果那时我的确有一些内心动力，事情便可以加倍地顺利，结果便会比我所预期的好。但是在任何成功之前，首先必定是跟自然中的事物短兵相接。

导读

　　凡·高（1853—1890），出生在荷兰南部，杰出画家，代表作品有《向日葵》《自画像》《星月夜》等。

　　比凡·高小四岁的弟弟提奥是凡·高一生中最大的支持者与崇拜者。凡·高一生只卖出过一幅油画，他的艺术创作都是在提奥的资助下进行的。这是凡·高写给弟弟提奥的信，但这并非一封普通的家书，他更多的是在与自己的弟弟交流艺术上的看法和感受。从信中我们可以看到凡·高对绘画艺术的热爱，也能清楚地感受到凡·高独特的观察角度与艺术风格，我们可以将他的描写当作一幅幅画来欣赏。从信中我们还能看到凡·高与提奥之间精神上的交流，他们不只是兄弟关系，也是相互欣赏的知音。在他的心目中，画家是至高无上的。这封信鲜明地体现了凡·高的艺术精神与他们兄弟之间动人的情谊。

鸟语啁啾①

[英] D.H. 劳伦斯 著　毕冰宾 译

严寒一直持续了数周，冻死的鸟儿骤然增多。田野里、树篱下，死鸟横陈，一片残尸，有田凫、欧椋、画眉和红翼鸫。这些死鸟被一些看不见的食肉兽叼走了肉，只剩下血淋淋、烂糟糟的外壳。

随后的一个早上，天气突然变好了。风向转南，吹来温暖平和的海风。午后现出丝丝斜阳，鸽子开始缓缓地喁喁细语。鸽子的咕咕叫声仍有点吃力，似乎还没从严寒的打击下缓过劲来。但不管怎样，在路上的冰冻仍未融化时，鸽子们却在暖风中呢喃了一个下午。夜里微风徐拂，仍然卷起坚硬地面上的凉气。可再到夕阳西下时分，野鸟已经在河底的黑刺李丛中喳喳细语了。

一场冰冻的沉寂后，这声音真令人吃惊，甚至让人感到恐怖。大地上厚厚地铺了一层撕碎的鸟尸，鸟儿们怎么能面对此情此景同声歌唱呢？但是夜空中就是有这样犹豫但清亮的鸟鸣，令人心动，

①选自《劳伦斯文集》，人民文学出版社，2014 年版。此文写于 1917 年，发表于 1919 年。1916—1917 年的冬天极为寒冷。

甚至胆寒。在大地仍封冻着的时候，竟有如此银铃般的小声音急速地划过暖空，这是怎么回事？不错，鸟儿们在不住地鸣啭，叫声虽然很弱，断断续续，可它却是在向空中发出清越的、富有生命力的声音。

意识到这个新世界，且是那么快地意识到它，这几乎令人感到痛苦。国王死了，国王万岁！可鸟儿们省略了前边半句，只剩下微弱盲目但充满活力的一声"万岁"！

另一个世界来了。冬天已去，春天的新世界来了。田野里传来了斑鸠的叫声。这种变化还真让人猛然打个冷战。泥土仍然在封冻中，这叫声让人觉着来得太早了点，再说田野上还散落着死鸟的翅膀呢！可我们别无选择。从那密不透风的黑刺李丛中，一早一晚都会传出鸟儿的啁啾。

这歌声发自何处？一段长长的残酷时期刚过，它们怎么如此迅速地复苏了？可这歌声真是从它们的喉咙里唱出的，像泉眼里汩汩而出的春水。这由不得它们，新的生命在它们的喉咙里升华为歌声了，是一个新的夏天之琼浆玉液在自顾涨潮的结果。

当大地被寒冬窒息扼杀过后，地心深处的泉水一直在静静等待着。它们只是在等待那旧秩序的重荷让位、融化，随后一个清澈的王国重现。就在无情的寒冬毁灭性的狂浪之下，潜伏着令所有鲜花盛开的琼浆。那黑暗的潮水总有一天要退去。于是，忽然间，会在潮尾凯旋般地摇曳起几朵藏红花。它让我们明白，天地变了，变出了一个新天地，响起了新的声音：万岁！万岁！

不必去看那些尸陈遍野的烂死鸟儿，别去想阴郁的冰冻或难忍的寒天。不管你怎么想，那一切都过去了。我们无权选择。我们若愿意，我们可以再冷漠些日子，可以有所毁灭，但冬天毕竟离我们而去了，我们的心会在夕阳西下时不由自主地哼唱。

即使当我们凝视着遍野横陈的破碎鸟尸时，棚屋里仍然飘来鸽子柔缓的咕咕声，黄昏中，仍从树丛中传出鸟儿银铃般的鸣啭。就是在我们伫立凝视这惨不忍睹的生命毁灭景象时，残冬也就在我们眼皮底下退却了。我们的耳畔萦回着的是新生命诞生的嘹亮号声，它就尾随着我们而来，我们听到的是鸽子奏出的温柔而快活的鼓声。

我们无法选择世界，我们几乎没什么可选择的。我们只能眼看着这严冬里血腥恐怖的脚步前行。但是我们绝无法阻拦这泉水，无法令鸟儿沉寂，无法阻挡大野鸽引吭高唱。我们不能让这个富有创造力的美好世界停转，它不可阻挡地振作着自己，来到了我们身边。不管我们愿不愿意，月桂很快就要散发芬芳，羊儿很快会立起双脚跳舞，地黄连会遍地闪烁点点光亮，那将是一个新天地。

它在我们体内，也在我们身外。也许有人愿意随冬天的消失而离开尘世，但我们有些人却没有选择，泉水就在我们体内，清冽的甘泉开始在我们胸膛里汩汩涌动，我们身不由己地欢欣鼓舞！变化的头一天就断断续续奏出了一曲非凡的赞歌，它的音量在不可思议地扩大着，把那极端的痛楚和无数碎尸全抛在脑后。

这无比漫长的冬日和严寒只是在昨天才结束，可我们似乎记不得了，回忆起来它就像是天地遥远的一片黑暗，就像夜间的一场梦那么假，当我们醒来时已是现实的早晨。我们体内身外激荡着的新的生命是自然真实的。我们知道曾有过冬天，漫长而恐怖的冬天；我们知道大地曾被窒息残害，知道生命之躯曾被撕碎散落田野。可这种回顾又说明什么呢？它是我们身外的东西，它跟我们无关。我们现在是，似乎一直是这种纯粹创造中迅速涌动的美丽的清流。所有的残害和撕裂，对！它曾降落在我们头上，包围了我们。它就像一场风暴，一场大雾从天而降，它缠绕着我们，就像蝙蝠飞进头发中那样令我们发疯。可它从来不是我们真正最内在的自我。我们内心深处一直远离它，我们一直是这清澈的泉水，先是沉静着，随后上涨，现在汩汩流泻而出。

生与死如此无法相容，真叫奇怪。在有死的地方，你就见不到生。死降临时，它是一片淹没一切的洪水，而另一股新潮高涨时，带来的全然是生命，是清泉，是欢乐之泉。非此即彼，非生即死，两者只能择其一，我们绝无法两者兼顾。

死亡向我们袭来时，一切都被撕得血红一片，没入黑暗之中。生命之潮高涨时，我们成了汩汩曼妙的清泉，喷薄而出，如花绽放。

两者全然不相容。画眉鸟儿身上的银斑闪着可爱的光亮，就在黑刺李丛中唱出它的第一首歌。如何拿它与树丛外那血腥一片、碎羽一片的惨景相联系？那是它的同类，但没有联系，它们决然不可同日而语。一个是生，另一个是死。清澈的歌声绝不会响彻死的王国。而有生的地方就绝不会有死。没有死，只有这清新，这欢乐，这完美。这是全然另一个世界。

画眉无法停住它的歌，鸽子也不会。这歌声是自然发出的，尽管它的同类刚刚在昨天被毁灭了。它不会哀悼，不会沉默，也不会追随死者而去。生命留住了它，让它无法属于死亡。死人必须去埋葬死人①，现在生命握住了它，把它抛入新创生的天空中，在那儿它放声歌唱，似乎要燃烧自己一般。管它过去，管它别人什么样，现在它跨越了难言的生死之别，被抛入了新的天空。

它的歌声唱出了过渡时的第一声破裂和犹豫。从死的手掌中向新生命过渡是一个从死亡到死亡的过程，灵魂转生是一种眩晕的痛苦挣扎。但过渡只需一刻，灵魂就从死的手掌中转生到新的自由之中。顷刻间它就进入了一个奇迹的王国，在新创生的中心歌唱。

鸟儿没有后退，没有依偎向死亡或它已死的同类。没有死亡，死者已经埋葬了死者。它被抛入两个世界之间的峡谷之中，恐惧地扑棱起双翅，凭着一身冲劲不知不觉中飞起来了。

我们被抬起，准备被抛入了新的开端。在我们心底，泉水在翻腾，

---

① 见《圣经·马太福音》第八章，第二十二节："让死人去埋葬死人吧。"

要把我们抛出去。谁能阻断这推动我们的冲力？它来自未知，冲到我们身上，使我们乘上了天国吹来的清新柔风，像鸟儿那样在混沌中优雅地款步从死转向生。

D.H.劳伦斯（1885—1930），英国小说家、诗人、戏剧家和画家，代表作有《虹》《查泰莱夫人的情人》等。劳伦斯是二十世纪英国文学史上最独特、最有争议的作家，他认为小说是人类表达思想感情的诸种方式中的最高形式，认为"艺术的使命在于揭示人与周围世界的关系"，他敢于打破传统方式，以其独特的风格揭示人性中的本能力量，召唤人们从资产阶级文明的"灰烬"中重建现代社会。

这篇文章写的是"鸟鸣"，给我们描述了一个恐怖而富有寓意的场景："大地上厚厚地铺了一层撕碎的鸟尸，鸟儿们怎么能面对此情此景同声歌唱呢？"作者以细致的笔墨为我们描绘了遍地鸟尸的情景，写了鸟儿的清越之声，文笔饱含感情，观察也分外仔细。作者从鸟啼声中得到了启示，或许我们不能选择世界，我们不能为自己做任何选择，但面对这样的现实，鸟儿没有退缩，它们虽然惊恐，却还是高举起翅膀，我们也应该前行，"像鸟儿那样在混沌中优雅地款步从死转向生"。文章文辞优美，描写生动，是一篇优秀的散文。

徐霞客之时代^①

竺可桢　著

　　徐霞客^②名弘祖，江苏江阴人，生于明万历十四年（1586 年），卒于明崇祯十四年（1641 年），本年适为其逝世三百周年。昔潘次耕^③序《徐霞客游记》，谓霞客之游"途穷不忧，行误不悔，暝则寝树石之间，饥则啖草木之实，不避风雨，不惮虎狼，不计程期，不求伴侣，以性灵游，以躯命游，亘古以来，一人而已。"寥寥数语，而霞客之为千古奇人，已跃然纸上矣。吾人缅怀先哲，为之作纪念也固宜。浙江大学自抗战以来，屡经搬迁。由武林^④而一迁建德，二迁庐陵，三迁庆远，四迁遵义与湄潭。是数地者，除遵义外，皆为霞客游踪之所至（霞客曾至平越，而湄潭原属于平越州）。且浙大

---

①选自《竺可桢科普创作选集》，科学普及出版社，1981 年版。
②徐霞客（1586—1641）：明代地理学家。名弘祖，字振之，号霞客，南直隶江阴（今属江苏）人。幼年好学，博览图经地志。因见明末政治黑暗，党争剧烈，不愿应科举入仕，专心从事旅行，从二十二岁到去世时止，三十多年间，足迹所到，北至燕、晋，南及云、贵、两广，旅途中备尝艰险。其观察所得，按日记载。后人整理成富有地理学价值的《徐霞客游记》。《徐霞客游记》原著已有散佚。世传本有十卷、十二卷、二十卷等数种。主要按日记述作者 1613—1639 年间旅行观察所得，对地理、水文、地质、植物等现象，均作详细记录，开中国地理学界系统观察、描述自然的新方向。对西南地区地理提供了不少稀有资料。有关石灰岩地貌的记述，早于欧洲人一个多世纪。文笔生动，记述精详，亦是一本很好的文学作品。
③潘次耕：名耒，字次耕，清代人。博阅群书，能诗善辞，兼长史学。为《徐霞客游记》作序。
④武林即今杭州。

由浙而赣，而湘，而桂，而黔，所取途径，初与霞客无二致，故霞客游记不啻为抗战四年来浙大之迁校指南，此则浙大之所以特为霞客作三百周年逝世纪念，更另有一番意义也。

我国古代亦不乏游迹遐方之士，如张博望使匈奴，班定远征西域，此以立功而成不朽者也。晋法显、唐玄奘之去天竺求梵典，此以立言而成不朽者也。若霞客者，既非如利文斯通①之宣传宗教于异域，亦非如哥伦布之搜求瑰宝于重洋，霞客之游，所谓无所为而为。人徒知其游踪之广，行旅之艰，记录之详确，见地之新颖，而不知其志洁行芳为弥足珍贵也。霞客之欲作西南游，蓄志已久，徒以老母在堂，守古人"父母在，不远游"之训。《游记》云："余志在蜀之峨眉，粤之桂林，及太华恒岳诸山，若罗浮恒岳次也……然蜀广关中，母老道远，未能卒游"云云。及至崇祯九年，霞客为万里遐征时，年逾知命，已老至不能待矣。以此知霞客之孝于其母。霞客西南之游，同行者静闻僧与顾仆。不幸静闻在湘遇盗受伤，卒于南宁途次，遗嘱欲瘗骨云南鸡足山下。霞客为迂道二千余里，几经危难，与顾仆分肩行李，经一年余之时间，有志竟成，卒瘗静闻骨于鸡足山下，以此知霞客之忠于友人。抵鸡足山后，顾仆乘机启霞客所有箱箧，席卷而去，寺僧欲往追，霞客止之，谓"追或不及，及亦不能强之必来，听其去而已矣。但离乡三载，一主一仆，形影相依，一旦弃余于万里之外，何其忍也"云云，以此知霞客待人接

①利文斯通（1813—1873）：英国探险家、传教士，1841年到南非传教。

物之宽恕也。霞客在途，常患绝粮，但非义之财，一毫不苟。如崇祯元年，徒步三千里访黄石斋于漳浦，当局假以旅资，拒弗纳，以此知霞客操守之谨严也。但霞客不但具有中国古代之旧道德，而亦有西洋近世科学之新精神。陈木叔《霞客墓志铭》谓"霞客常云：'昔人志星官舆地，多以承袭附会，即江河二经，山脉三条，自纪载来，俱囿于中国一方，未测浩衍。'遂欲为昆仑海外之游"。近人丁文江遂谓霞客此种求知精神，乃"近百年来欧美人之特色，而不谓先生已得之于二百八十年前。故凡论先生者，或仅爱其文章，或徒惊其游迹，皆非真知先生者也"。旨哉言乎。

霞客生当明之季世，何以能独具中西文化之所长。欲探求其理，则不得不审察霞客之时代。明自嘉靖万历以来，国势日蹙，不特倭寇屡扰海滨，强胡虎视漠北，即庙堂之上，宵小如魏珰辈窃据高位，幸赖东林诸贤①，本程朱之学，操履笃实，无论在野在朝，均能守正不阿。霞客故乡逼近东林之大本营，而东林巨子如高攀龙、孙慎行等对于霞客亦以青眼相待。故霞客受东林之熏陶也必深，而其忠孝仁恕如出天性，非偶然也。同时万历初年，意大利人耶稣会教士利玛窦②来华，其人兼通舆地、天文、医药之学，一时士人如徐光启、李之藻辈亦乐与之游。无形中其影响且由教徒而传播至非教徒。明末著作如方以智之《通雅》《物理小识》，宋应星之《天工开物》，

①东林诸贤：晚明以江南士大夫为主的政治集团。神宗后期，政治日益腐败，社会矛盾激化。万历二十二年（1594年）无锡人顾宪成革职还乡，与高攀龙、钱一本等在东林书院讲学，讽议朝政，得到部分士大夫的支持，被称为"东林党"。他们反对矿监、税监的掠夺，主张开放言路，实行改良。
②利玛窦（1552—1610）：天主教耶稣会传教士，意大利人。曾任在华耶稣会教士的领袖。著译有《几何原本》（与徐光启合译）、《天学实义》《关于耶稣会的进入中国》等。

皆渲染有西洋科学之色彩者也。霞客足迹遍中国，交游甚广，殆已受科学之洗礼，即其所谓"自纪载来，俱囿于中国一方，未测浩衍"一语观之，已足以知霞客必已博览当时西洋人所翻译舆地诸书矣，故知霞客之有求知精神，非偶然也。

在欧洲当时与徐霞客并世者有培根、开普勒与伽利略。此三人者，皆近世科学之鼻祖也。同时欧洲人远渡重洋以经营殖民地于亚、非、美、澳四洲，亦发轫于十六七世纪之交。1580 年英国人所誉为海上英雄德莱克 (Francis Drake) 方环游全球，劫夺西班牙及大洋洲各岛土人之金银珠玉满载而归。1586 年即霞客诞生之年，英国人卡文迪许 (Thomas Cavendish) 率帆船三艘，远航印度洋，归而组织东印度公司。不出百年，而孟加拉、孟买、玛德拉斯三省尽为东印度公司所辖治。东印度公司之巧取豪夺，吏势奸威，迄今读严又陵所译亚当·斯密《原富》一书，尚可见其概略。

古人云，为富不仁。纵览十六七世纪欧洲探险家无一不唯利是图。其下焉者形同海盗，其上焉者亦无不思攘夺人之所有以为己有，而以土地人民之宗主权归诸其国君，是即今日之所谓帝国主义也。欲求如霞客之以求知而探险者，在欧洲并世盖无人焉。是则吾人今日之所以纪念霞客，亦正以其求知精神之能常留于宇宙而称不朽也。

导读

竺可桢（1890—1974），浙江绍兴人，中国近代气象学和地理学的奠基人，曾发表数百篇科学论文，提出了新的台风分类法，并概括了各类台风的活动规律，所著《远东台风的新分类》《台风的源地和转向》《东南季风与中国：雨量》以及《中国近五千年来气候变迁的初步研究》等论文深受国内外学术界的推崇。此外，他的科普创作也受到了广泛赞誉。

文章重点介绍了徐霞客的经历与为人，并在与古今旅行家的比较中，尤其是与同时代国外旅行家的对比中突出了徐霞客的独特之处。文章先引用潘次耕的评价高度肯定了徐霞客的精神，又写明作者当时所在的浙江大学抗战以来的迁址与徐霞客的游历地点基本重合，一方面拉近历史人物与读者的距离，另一方面也以此唤起读者的民族自信心。接下来作者重点描写了徐霞客的"志洁行芳"。他首先通过将其与张博望、班定远、法显、玄奘、利文斯通、哥伦布的对比，指出徐霞客并没有像他们那样追求功绩、名声、宗教、财富，而是"无所为而为"的。其次通过叙述徐霞客对待母亲、仆人的态度，具体地说明了他的人格与操守，指出他"不但具有中国古代之旧道德，而亦有西洋近世科学之新精神"。此外作者又分析了与徐霞客处于同时代的培根、开普勒与伽利略，以开阔的视野指出："以求知而探险者，在欧洲并世盖无人焉。"充分肯定了徐霞客的科学精神。

这篇文章有分析，有议论，重点在于肯定徐霞客的为人与科学精神，以对比的手法写出了徐霞客的可贵之处，同时对事实的细腻叙述也为文章增添了文采，为我们塑造出一个栩栩如生的徐霞客形象。

国立西南联合大学纪念碑碑文①

冯友兰 著

中华民国三十四年九月九日，我国家受日本之降于南京。上距二十六年七月七日卢沟桥之变，为时八年；再上距二十年九月十八日沈阳之变，为时十四年；再上距清甲午之役，为时五十一年。举凡五十年间，日本所鲸吞蚕食于我国家者，至是悉备图籍献还。全胜之局，秦汉以来所未有也。

国立北京大学、国立清华大学原设北平，私立南开大学原设天津。自沈阳之变，我国家之威权逐渐南移，唯以文化力量与日本争持于平津，此三校实为其中坚。二十六年平津失守，三校奉命迁于湖南，合组为国立长沙临时大学，以三校校长蒋梦麟、梅贻琦、张伯苓为常务委员，主持校务，设法、理、工学院于长沙，文学院于南岳，于十一月一日开始上课。迨京沪失守，武汉震动，临时大学又奉命迁云南。师生徒步经贵州，于二十七年四月二十六日抵昆明。旋奉

---

①原载冯友兰《三松堂全集》（第十四卷），河南人民出版社，2000年版。

命改名为国立西南联合大学,设理、工学院于昆明,文、法学院于蒙自,于五月四日开始上课。一学期后,文、法学院亦迁昆明。二十七年,增设师范学院。二十九年,设分校于四川叙永,一学年后,并于本校。昆明本为后方名城,自日军入安南、陷缅甸,乃成后方重镇。联合大学支持其间,先后毕业学生二千余人,从军旅者八百余人。河山既复,日月重光,联合大学之战时使命既成,奉命于三十五年五月四日结束。原有三校,即将返故居,复旧业。缅维八年支持之苦辛,与夫三校合作之协和,可纪念者,盖有四焉:

我国家以世界之古国,居东亚之天府,本应绍汉唐之遗烈,作并世之先进。将来建国完成,必于世界历史居独特之地位。盖并世列强,虽新而不古;希腊、罗马,有古而无今。唯我国家,亘古亘今,亦新亦旧,斯所谓"周虽旧邦,其命维新"者也。旷代之伟业,八年之抗战,已开其规模,立其基础。今日之胜利,于我国家有旋乾转坤之功,而联合大学之使命,与抗战相终始。此其可纪念者一也。

文人相轻,自古而然,昔人所言,今有同慨。三校有不同之历史,各异之学风,八年之久,合作无间。同无妨异,异不害同;五色交辉,相得益彰;八音合奏,终和且平。此其可纪念者二也。

万物并育而不相害,道并行而不相悖,小德川流,大德敦化,此天地之所以为大。斯虽先民之恒言,实为民主之真谛。联合大学以其兼容并包之精神,转移社会一时之风气,内树学术自由之规模,外来"民主堡垒"之称号，违千夫之诺诺，作一士之谔谔。此其可纪念者三也。

　　稽之往史，我民族若不能立足于中原，偏安江表，称曰南渡。南渡之人，未有能北返者：晋人南渡，其例一也；宋人南渡，其例二也；明人南渡，其例三也。"风景不殊"，晋人之深悲；"还我河山"，宋人之虚愿。吾人为第四次之南渡，乃能于不十年间，收恢复之全功。庾信不哀江南，杜甫喜收蓟北，此其可纪念者四也。

　　联合大学初定校歌，其辞始叹南迁流离之苦辛，中颂师生不屈之壮志，终寄最后胜利之期望。校以今日之成功，历历不爽，若合符契。联合大学之终始，岂非一代之盛事，旷百世而难遇者哉！爰就歌辞，勒为碑铭。铭曰：痛南渡，辞宫阙。驻衡湘，又离别。更长征，经峣嵲。望中原，遍洒血。抵绝徼，继讲说。诗书丧，犹有舌。尽笳吹，情弥切。千秋耻，终已雪。见仇寇，如烟灭。起朔北，迄南越。视金瓯，已无缺。大一统，无倾折。中兴业，继往烈。维三校，兄弟列。为一体，如胶结。同艰难，共欢悦。联合竟，使命彻。神京复，还燕碣。以此石，象坚节。纪嘉庆，告来哲。

导读

　　冯友兰（1895—1990），字芝生，河南唐河人。中国当代著名哲学家、教育家。1918 年毕业于北京大学哲学系，1924 年获美国哥伦比亚大学哲学博士学位。回国后，任清华大学教授、哲学系主任、文学院院长，西南联合大学教授、文学院院长。他的著作《中国哲学史》《中国哲学简史》《中国哲学史新编》等已成为二十世纪中国学术的重要经典，对中国现当代学界乃至国外学界影响深远。被誉为"现代新儒家"。

　　本文首先以精练的语言介绍了西南联合大学成立的背景，讲述了战火硝烟中西南联合大学的变迁过程。其次高度赞扬西南联合大学的历史使命——抗战救国，培养出莘莘学子，为抗战胜利乃至中国发展做出杰出贡献。接下来从四个角度分别论述西南联合大学的纪念意义，并通过总结历史上民族迁徙的例子，铿锵有力地阐述了西南联合大学的历史意义。

　　作为一篇纪念碑文，本文言简意赅，抑扬顿挫，句句掷地有声，让人读完心情激荡，仿佛重回那段战时岁月，看到西南联合大学的老师和学生指点江山，激扬文字，挥斥方遒。那段时光和西南联合大学一样，在历史的长河中熠熠生辉。

生死边缘的慰藉

大语文

生死是每个人都要经历的，作为一个精神上的问题，它也是一个人迟早要面对的。如何面对死亡也就是如何面对生活，在生死之边缘，来自他人的慰藉是温暖的，面对逝去的亲友，谁都会有悲哀与怀念。本单元所选的是怀念故人的悼词与文章，我们从中可以看到古今中外对死亡的不同态度，阅读这些文章也能让我们善待自己、关爱他人，更积极地面对人生。

在莫泊桑葬礼上的演说

[法国] 左拉 著　柳鸣九 译

　　请允许我以法兰西文学的名义讲话，作为战友、兄长、朋友，而不是作为同行，向吉·德·莫泊桑致以崇高的敬意。

　　我是在居斯塔夫·福楼拜家中认识莫泊桑的，他那时已在十八岁到二十岁之间。此刻他又重现在我的眼前，血气方刚，眼睛明亮而含笑，沉默不语，在老师面前像儿子对待父亲一样谦恭。他往往整整一个下午洗耳恭听我们的谈话，老半天才斗胆插上片言只语。但这个表情开朗、坦率的棒小伙子焕发出欢快的朝气，我们大家都喜欢他，因为他给我们带来健康的气息。他喜爱剧烈运动，那时流传着关于他如何强悍的种种佳话。我们却不曾想到他有朝一日会有才气。

　　《羊脂球》这杰作，这满含柔情、讥嘲和勇气的完美无缺的作品，爆响了。他下车伊始就拿出一部具有决定意义的作品，使自己跻身于大师的行列。我们为此感到莫大的愉快，因为他成了我们所有看着他长大而未料想到他的天才的人的兄弟。而从这一天起，他就不断地有作品问世，他高产、稳产，显示出炉火纯青的功力，令我惊叹。短篇小说、中篇小说源源而出，无限地丰富多彩，无不精湛绝妙，令人叹为观止。每一篇都是一出小小的喜剧，一出小小的完整的戏剧，打开一扇令人顿觉醒豁的生活的窗口。读他的作品的时候，可以是笑或是哭，但永远是发人深思的。

啊！明晰，多么清澈的美的源泉，我愿看到每一代人都在这清泉中开怀畅饮！我爱莫泊桑，因为他真正具有我们拉丁的血统，他属于正派的文学伟人的家族。诚然，绝不应该限制艺术的天地，应该承认复杂派、玄妙派和晦涩派存在的权利。但在我看来，这一切不过是堕落，如果您愿意的话，也可以说是一时的离经叛道，总还是必须回到纯朴派和明晰派中来的，正如人们终归还是吃那使他获得营养而永不会使他厌腻的日常必吃的面包。

莫泊桑在十五年中发表了将近二十卷作品，如果他活着，毫无疑问，他还可以把这个数字扩大三倍。他一个人的作品就可以摆满一个书架。可是让我说什么呢？面对我们时代卷帙浩繁的产品，我有时真有点忧虑不安。诚然，这些都是长期认真写作的成果……不过，对于荣誉来说这也是十分沉重的包袱，人们的记忆是不喜欢承受这样的重荷的。那些规模庞大的系列作品，能够流传后世的从来都不过是寥寥几页。谁敢说获得不朽的不更可能是一篇三百行的小说，是未来世纪的小学生们当作无懈可击的完美的典范口口相传的寓言或者故事呢？

先生们，这就是莫泊桑光荣之所在，而且是更牢靠、更坚实的光荣。那么，既然他以昂贵的代价换来了香甜的安息，就让他怀着对自己留下的作品永远富有征服人心的活力这一信念，香甜地安息吧。他的作品将永生，并将使他获得永生。

导读

　　左拉（1840—1902），十九世纪后半期法国重要的批判现实主义作家，自然主义文学理论的主要倡导者。他受巴尔扎克《人间喜剧》的启示，创作了一套长达六百万字、由二十部长篇小说构成的巨著《卢贡—玛卡尔家族》，反映了拿破仑三世时代法国社会各方面的情况。他主张以科学实验方法写作，对人物进行生理学和解剖学的分析。

　　这是左拉在莫泊桑葬礼上的演说，在文中，左拉首先表明自己是"作为战友、兄长、朋友，而不是作为同行"来致辞的，这表明了二人的亲近关系，也表达了他对莫泊桑的敬意。接下来左拉介绍了自己对莫泊桑最初的印象，这是来自于一个兄长和朋友的印象，在他眼里，最初莫泊桑只是一个血气方刚、时常含笑不语的小伙子，他没想到莫泊桑会这么有才气。《羊脂球》这篇杰作打破了他的最初印象，也把莫泊桑带入了文坛，左拉对《羊脂球》做了高度的评价，也对莫泊桑的"高产、稳产"、对莫泊桑作品的风格做了肯定，这里不难看出左拉作为同行的敏锐眼光。最后他表达了对莫泊桑去世的惋惜。

　　这是一篇饱含深情的作品，作者在对莫泊桑的哀悼中，既表明了其与莫泊桑的深厚友谊，也给予莫泊桑高度肯定，对我们了解莫泊桑的生活、了解莫泊桑作品的风格与价值都富有启示意义。

追悼志摩①

胡适 著

悄悄的我走了，

正如我悄悄的来；

我挥一挥衣袖，

不带走一片云彩。

——《再别康桥》

志摩这一回真走了！可不是悄悄地走。在那淋漓的大雨里，在那迷蒙的大雾里，一个猛烈的大震动，三百匹马力的飞机碰在一座终古不动的山上，我们的朋友额上受了一下致命的撞伤，大概立刻失去了知觉。半空中起了一团天火，像天上陨下一颗大星似的直掉下地去。我们的志摩和他的两个同伴就死在那烈焰里了！

我们初得着他的死信，都不肯相信，都不信志摩这样一个可爱

---

①选自《胡适文存》，黄山书社，1996 年版。

的人会死得这么惨苦。但在那几天的精神大震撼稍稍过去之后，我们忍不住要想，那样的死法也许只有志摩最配。我们不相信志摩会"悄悄地走了"，也不忍想志摩会死一个"平凡的死"，死在天空之中，大雨淋着，大雾笼罩着，大火焚烧着，那撞不倒的山头在旁边冷眼瞧着，我们新时代的新诗人，就是要自己挑一种死法，也挑不出更合适、更悲壮的了。

志摩走了，我们这个世界里被他带走了不少的云彩。他在我们这些朋友之中，真是一片最可爱的云彩，永远是温暖的颜色，永远是美的花样，永远是可爱的。他常说：

我不知道风

是在哪一个方向吹——

我们也不知风在哪一个方向吹，可是狂风过去之后，我们的天空变惨淡了，变寂寞了，我们才感觉我们的天上的一片最可爱的云彩被狂风卷去了，永远不回来了！

这十几天里，常有朋友到家里来谈志摩，谈起来常常有人痛哭。在别处痛哭他的，一定还不少。志摩所以能使朋友这样哀念他，只是因为他的为人整个的只是一团同情心，只是一团爱。叶公超先生说：

他对于任何人，任何事，从未有过绝对的怨恨，甚至于无意中都没有表示过一些憎嫉的神气。

陈通伯先生说：

尤其朋友里缺不了他。他是我们的"连索"，他是黏着性的，发酵性的。在这七八年中，国内文艺界里起了不少的风波，吵了不少的架，许多很熟的朋友往往弄得不能见面，但我没有听见有人怨恨过志摩。谁也不能抵抗志摩的同情心，谁也不能避开他的黏着性。他才是和事佬，他有无穷的同情，他总是朋友中间的"连索"。他从没有疑心，他从不会妒忌。他使这些多疑善妒的人们十分惭愧，又十分羡慕。

他的一生真是爱的象征。爱是他的宗教，他的上帝。

我攀登了万仞的高冈，
荆棘扎烂了我的衣裳，
我向飘渺的云天外望——
上帝，我望不见你！
……

我在道旁见一个小孩：

活泼，秀丽，褴褛的衣衫；

他叫声"妈"，眼里亮着爱——

上帝，他眼里有你！

——《他眼里有你》

志摩今年在他的《〈猛虎集〉序》里曾说他的心境是"一个曾经有单纯信仰的流入怀疑的颓废"。这句话是他最好的自述。他的人生观真是一种"单纯信仰"，这里面只有三个大字，一个是爱，一个是自由，一个是美。他梦想这三个理想的条件能够会合在一个人生里，这是他的"单纯信仰"。他的一生的历史，只是他追求这个单纯信仰的实现的历史。

社会上对于他的行为，往往有不能谅解的地方，都只因为社会上批评他的人不曾懂得志摩的"单纯信仰"的人生观。他的离婚和他的第二次结婚，是他一生最受社会严厉批评的两件事。现在志摩的棺已盖了，而社会上的议论还未定。但我们知道这两件事的人，都能明白，至少在志摩的方面，这两件事最可以代表志摩的单纯理想的追求。他万分诚恳地相信那两件事都是他实现他那"美与爱与自由"的人生的正当步骤。这两件事的结果，在别人看来，似乎都不曾能够实现志摩的理想生活。但到了今日，我们还忍用成败来议论他吗？

我忍不住我的历史癖，今天我要引用一点神圣的历史材料，来说明志摩决心离婚时的心理。民国十一年三月，他正式向他的夫人提议离婚，他告诉她，他们不应该继续他们的没有爱情、没有自由的结婚生活了，他提议"自由之偿还自由"，他认为这是"彼此重见生命之曙光，不世之荣业"。他说：

故转夜为日，转地狱为天堂，直指顾间事矣。……真生命必自奋斗自求得来，真幸福亦必自奋斗自求得来，真恋爱亦必自奋斗自求得来！彼此前途无限……彼此有改良社会之心，彼此有造福人类之心，其先自作榜样，勇决智断，彼此尊重人格，自由离婚，止绝苦痛，始兆幸福，皆在此矣。

这信里完全是青年的志摩的单纯的理想主义，他觉得那没有爱又没有自由的家庭是可以摧毁他们的人格的，所以他下了决心，要把自由偿还自由，要从自由求得他们的真生命，真幸福，真恋爱。

后来他回国了，婚是离了，而家庭和社会都不能谅解他。最奇怪的是他和他已离婚的夫人通信更勤，感情更好。社会上的人更不明白了。志摩是梁任公先生最爱护的学生，所以民国十二年任公先生曾写一封很长很恳切的信去劝他。在这信里，任公提出两点：

其一，万不容以他人之苦痛，易自己之快乐。弟之此举，其于弟将来之快乐能得与否，殆茫如捕风，然先已予多数人以无量之苦痛。

其二，恋爱神圣为今之少年所乐道。……兹事盖可遇而不可求。……况多情多感之人，其幻想起落鹘突，而得满足得宁帖也极难。所梦想之神圣境界恐终不可得，徒以烦恼终其身已耳。

任公又说：

呜呼志摩！天下岂有圆满之宇宙？……当知吾侪以不求圆满为生活态度，斯可以领略生活之妙味矣。……若沉迷于不可必得之梦境，挫折数次，生意尽矣，郁悒侘傺以死，死为无名。死犹可也，最可畏者，不死不生而堕落至不复能自拔。呜呼志摩，可无惧耶！可无惧耶！
（十二年一月二日信）

任公一眼看透了志摩的行为是追求一种"梦想之神圣境界"，他料到他必要失望，又怕他少年人受不起几次挫折，就会死，就会堕落。所以他以老师的资格警告他："天下岂有圆满之宇宙？"

但这种反理想主义是志摩所不能承认的。他答复任公的信，第一不承认他是把他人的苦痛来换自己的快乐。他说：

我之甘冒世之不韪，竭全力以斗者，非特求免凶惨之苦痛，实求良心之安顿，求人格之确立，求灵魂之救度耳。

人谁不求庸德？人谁不安现成？人谁不畏艰险？然且有突围而出者，夫岂得已而然哉？

第二，他也承认恋爱是可遇而不可求的，但他不能不去追求。他说：

我将于茫茫人海中访我唯一灵魂之伴侣；得之，我幸；不得，我命，如此而已。

他又相信他的理想是可以创造培养出来的。他对任公说：

嗟夫吾师！我尝奋我灵魂之精髓，以凝成一理想之明珠，涵之以热满之心血，朗照我深奥之灵府。而庸俗忌之嫉之，辄欲麻木其灵魂，捣碎其理想，杀灭其希望，污毁其纯洁！我之不流入堕落，流入庸懦，流入卑污，其几亦微矣！

我今天发表这三封不曾发表过的信，因为这几封信最能表现那个单纯的理想主义徐志摩。他深信理想的人生必须有爱，必须有自由，必须有美；他深信这种三位一体的人生是可以追求的，至少是可以用纯洁的心血培养出来的。——我们若从这个观点来观察志摩的一生，他这十年中的一切行为就全可以了解了。我还可以说，只有从这个观点上才可以了解志摩的行为；我们必须先认清了他的单纯信仰的人生观，方才认得清志摩的为人。

志摩最近几年的生活，他承认是失败。他有一首《生活》的诗，诗暗惨得可怕。

阴沉，黑暗，毒蛇似的蜿蜒，

生活逼成了一条甬道：

一度陷入，你只可向前，

手扪索着冷壁的黏潮。

在妖魔的脏腑内挣扎，

头顶不见一线的天光，

这魂魄，在恐怖的压迫下，

除了消灭更有什么愿望？

十九年五月二十九日

他的失败是一个单纯的理想主义者的失败。他的追求，使我们惭愧，因为我们的信心太小了，从不敢梦想他的梦想。他的失败，也应该使我们对他有更深厚的恭敬与同情，因为偌大的世界之中，只有他有这信心，冒了绝大的危险，费了无数的麻烦，牺牲了一切平凡的安逸，牺牲了家庭的亲谊和人间的名誉，去追求，去试验一个"梦想之神圣境界"，而终于免不了残酷的失败，也不完全是他的人生观的失败。他的失败是因为他的信仰太单纯了，而这个现实世界太复杂了，他的单纯的信仰禁不起这个现实世界的摧毁；正如易卜生的诗剧 *Brand*（《布朗德》）里那个理想主义者，抱着他的理想，在人间处处碰钉子，碰得焦头烂额，失败而死。

然而我们的志摩"在这恐怖的压迫下"，从不叫一声"我投降了"——他从不曾完全绝望，他从不曾绝对怨恨谁。他对我们说：

你们不能更多地责备。我觉得我已是满头的血水，能不低头已算是好的。（《〈猛虎集〉序》）

是的，他不曾低头。他仍旧昂起头来做人；他仍旧是他那一团同情心，一团的爱。我们看他替朋友做事，替团体做事，他总是仍旧那样热心，仍旧那样高兴。几年的挫折、失败、苦痛，似乎使他更成熟了，更可爱了。

他在苦痛之中，仍旧继续他的歌唱。他的诗作风也更成熟了。

他所谓"初期的汹涌性"固然是没有了，作品也减少了；但是他的意境变深厚了，笔致变淡远了，技术和风格都更进步了。这是读《猛虎集》的人都能感觉到的。

志摩自己希望今年是他的"一个真的复活的机会"。他说：

抬起头居然又见到天了。眼睛睁开了，心也跟着开始了跳动。

我们一班朋友都替他高兴。他这几年来想用心血浇灌的花树也许是枯萎的了；但他的同情，他的鼓舞，早又在别的园地里种出了无数的可爱的小树，开出了无数可爱的鲜花。他自己的歌唱有一个时代是几乎消沉了；但他的歌声引起了他的园地外无数的歌喉，嘹亮地唱，哀怨地唱，美丽地唱。这都是他的安慰，都使他高兴。

谁也想不到在这个最有希望的复活时代，他竟丢了我们走了！他的《猛虎集》里有一首咏一只黄鹂的诗，现在重读了，好像他在那里描写他自己的死，和我们对他的死的悲哀：

等候他唱，我们静着望，
怕惊了他。
但他一展翅，
冲破浓密，化一朵彩云；

飞了，不见了，没了——

像是春光，火焰，像是热情。

志摩这样一个可爱的人，真是一片春光，一团火焰，一腔热情。现在难道都完了？

决不——决不——志摩最爱他自己的一首小诗，题目叫作《偶然》，在他的《卞昆冈》剧本里，在那个可爱的孩子阿明临死时，那个瞎子弹着三弦，唱着这首诗：

我是天空里的一片云，

偶尔投影在你的波心——

你不必讶异，

更无须欢喜——

在转瞬间消灭了踪影。

你我相逢在黑夜的海上，

你有你的，我有我的方向。

你记得也好，

最好你忘掉，

在这交会时互放的光亮！

朋友们，志摩是走了，但他投的影子会永远留在我们心里，他放的光亮也会永远留在人间，他不曾白来了一世。我们有了他做朋友，也可安慰自己说不曾白来了一世。我们忘不了他和我们在那交会时互放的光亮！

二十年，十二月，三夜

导读

胡适（1891—1962），字适之，中国现代学者、作家、思想家，安徽绩溪人。曾加入《新青年》编辑部，撰文反对封建主义，宣传个性自由、民主和科学，积极提倡文学改良和白话文学。他是中国新诗的开山鼻祖，新文化运动的倡导者和最重要的参与者之一。著有诗集《尝试集》，研究专著《五十年来中国之文学》《胡适文存》《白话文学史》《中国章回小说考证》等。

在新月社成立时期，胡适和徐志摩是往来甚勤的朋友，胡适是新月派的精神领袖，徐志摩是新月派的代表诗人，徐志摩的去世，在新月派诗人群里引起了很大的震动，胡适也深感哀痛，于是写了这篇文章。文中穿插了徐志摩不同时期的创作诗歌，表明了作者对徐志摩诗歌的理解，其中还引用了梁启超、徐志摩等人的私人书信，显示了胡适对徐志摩生活的熟悉。在文章中，胡适将徐志摩的人生观概括为三条，"一个是爱，一个是自由，一个是美"，对徐志摩这"单纯信仰"，胡适也表示了理解，甚至对徐志摩为不少人所诟病的离婚事件，他也有独特的理解："我们必须先认清了他的单纯信仰的人生观，方才认清志摩的为人。"而在"最有希望的复活时代"，徐志摩的去世，让胡适悲痛不已，但从文末所引的诗歌来看，他也能从审美的角度来理解与接受。

这篇文章既是追悼志摩，也表达了胡适对徐志摩的理解，行文朴素、流畅，代表了胡适终其一生对白话文的追求，因此是一篇值得重视的文章。

悼念乔治·桑①

[法国] 雨果 著　姚远 译

　　我为一位死者哭泣，我向这位不朽者致敬。

　　昔日我曾爱慕过她，钦佩过她，崇敬过她，而今，在死神带来的庄严肃穆之中，我出神地凝视着她。

　　我祝贺她，因为她所做的是伟大的；我感激她，因为她所做的是美好的。我记得，曾经有一天，我给她写过这样的话："感谢您，您的灵魂是如此伟大。"

　　难道说我们真的失去她了吗？

　　不。

　　那些高大的身影虽然与世长辞，然而他们并未真正消失。远非如此，人们甚至可以说他们已经自我完成。他们在某种形式下消失了，但是在另一种形式中犹然可见。这真是崇高的变容。

　　人类的躯体乃是一种遮掩。它能将神化的真正面貌——思想遮

---

①选自《外国散文名篇选读》，作家出版社，1986年版。

掩起来。乔治·桑就是一种思想，她从肉体中超脱出来，自由自在，虽死犹生，永垂不朽。啊，自由的女神！

乔治·桑在我们这个时代具有独一无二的地位。其他的伟人都是男子，唯独她是伟大的女性。

在本世纪[①]，法国革命的结束与人类革命的开始都是顺乎天理的，男女平等成为人与人之间平等的一部分。一个伟大的女性是必不可少的。妇女应该显示出，她们不仅保持天使般的禀性，而且还具有我们男子的才华。她们不仅应有强韧的力量，也要不失其温柔的禀性。乔治·桑就是这类女性的典范。

当法兰西遭到人们的凌辱时，完全需要有人挺身而出，为她争光载誉。乔治·桑永远是本世纪的光荣，永远是我们法兰西的骄傲。这位荣誉等身的女性是完美无缺的。她像巴贝斯[②]一样有着一颗伟大的心；她像巴尔扎克一样有着伟大的精神；她像拉马丁一样有着伟大的灵魂。在她身上不乏诗才。在加里波第[③]曾创造过奇迹的时代里，乔治·桑留下了无数杰作佳品。

列举她的杰作显然是毫无必要的，重复大众的记忆又有何益？她的那些杰作的伟力概括起来就是"善良"二字。乔治·桑确实是善良的，当然她也招来某些人的仇视。崇敬总是有它的对立面的，这就是仇恨。有人狂热崇拜，也有人恶意辱骂。仇恨与辱骂表现了人们的反对，但也不妨说它表明了人们的赞同——反对者的叫骂往

①指十九世纪。
②巴贝斯（1809—1870）：法国著名政治家。
③加里波第（1807—1882）：意大利民族解放运动的领袖，为意大利的统一奋斗了一生。

往往会被后人视为一种赞美之辞。谁戴桂冠谁就招打，这是一条规律，咒骂的低劣正衬出欢呼的高尚。

像乔治·桑这样的人物，可谓公开的行善者，他们离别了我们，而几乎是在离世的同时，人们在他们留下的似乎空荡荡的位子上发现新的进步已经出现。

每当人间的伟人逝世之时，我们都听到强大的振翅搏击的响声。一种事物消灭了，另一种事物降临了。

大地与苍穹都有阴晴圆缺。但是，这人间与那天上一样，消失之后就是再现。一个像火炬那样的男人或女子，在这种形式下熄灭了，在思想的形式下又复燃了。于是人们发现，曾经被认为是熄灭了的，其实是永远不会熄灭。这火炬燃得比以往任何时候更加光彩夺目，从此它组成文明的一部分，从而屹立在人类无限的光明之列，并将增添文明的光芒。健康的革命之风吹动着这支火炬，并使它成为燎原之势，越烧越旺，那神秘的吹拂熄灭了虚假的光亮，却增添了真正的光明。

劳动者离去了，但他的劳动成果留了下来。

埃德加·基内①逝世了，但是他的高深的哲学越出了他的坟墓，居高临下劝告着人们。米谢莱②去世了，可在他的身后，记载着未来的史册却在高高耸起。乔治·桑虽然与我们永别了，但她留给我们以女权，充分显示出妇女有着不可抹杀的天才。正由于这样，革命

---

①埃德加·基内（1803—1874）：法国哲学家。
②米谢莱（1798—1874）：法国著名历史学家。

才得以完全。让我们为死者哭泣吧，但是我们要看到他们的业绩。具有决定性意义的伟业，得益于颇可引以为豪的先驱者的英灵精神，必定会随之而来。一切真理、一切正义正在向我们走来。这就是我们听到的振翅搏击的响声。

让我们接受这些卓绝的死者在离别我们时所遗赠的一切！让我们去迎接未来！让我们在静静的沉思中，向那些伟大的离别者为我们预言的将要到来的伟大女性致敬！

导读

　　雨果（1802—1885），法国作家。法国浪漫主义文学的代表作家，法国文学史上卓越的资产阶级民主作家，代表作有《巴黎圣母院》《悲惨世界》《九三年》。他是一位语言大师和杰出的文学家，被誉为"法兰西的莎士比亚"。

　　本文是为悼念法国著名小说家乔治·桑而作的。乔治·桑是与雨果生活在同一时代的法国优秀女作家，代表作有小说《安蒂亚娜》《魔沼》等。她不受世俗成规束缚，追求女性解放和婚姻自由，晚年受到法国启蒙思想家卢梭的影响，追求返璞归真，其作品具有强烈的感染力。

　　雨果用充满感情的笔调赞美了乔治·桑为女性精神解放做出的贡献，字字发自肺腑，表达出对乔治·桑的敬意。雨果以辩证的视角洞察生死，认为乔治·桑的思想已经从肉体中超脱出来，自由女神虽死犹生，永垂不朽。作为一篇悼文，本文思想与修辞并行，字里行间洋溢着充沛的激情。

荆棘路上

探索的路上总是满布荆棘，只有勇敢的人，才能一步步追寻自己的理想，人类也因此才能逐步前进。这里的几篇文章，从不同角度思考了人类社会中存在的种种现象与观念，有对自由、命运和爱的探讨，也有对不同类型的人的分析。文章有爱憎，有辨析，让我们可以思索，可以感受，也可以看到人类在荆棘路上摸索前行的身影。

凡夫俗子批判①

[德国] 叔本华 著　秦典华 译

日常生活里，一旦没有激情来刺激，便会令人感到沉闷厌烦，枯燥乏味，有了激情，生活又很快变得痛苦不堪。唯有那些因自然赋予了超凡理智的人，才是幸福的人；因为这能够使他们过理智的生活，过无痛苦的趣味横生的生活。仅仅只有闲暇自身，即，只有意志的作用，而无理智，那是很不够的，必须有实在的超人的力量，要免于意志的作用而求助于理智。正如塞涅卡所说：无知者的闲暇莫过于死亡，等于生存的坟墓。由于心灵的生活随着实在的能力的变化而变化，因此心灵的生活能够无止境地展开。心灵的生活不仅能抵御烦恼，而且能够防止烦恼的有害影响。它使我们免交坏朋友，避开许多危险、灾难以及奢侈浪费，而那些把自己的幸福完全建立在外部世界的人，则不可避免地要遇到这一切。如我的哲学虽然从来没有给我赢得一个小钱，但它为我节省了许多开销。

---

①选自《大学人文读本——人与自我》，广西师范大学出版社，2002 年版。

　　凡夫俗子们把他们的身外之物当作生活幸福的根据，如财产、地位、妻室儿女、朋友、社交，以及诸如此类的一切，所以，一旦他失去了这些，或者一旦这些使他失望，那么，他的幸福的基础便全面崩溃了。换言之，他的重心并不在他自身。而因为各种愿望和奇怪的想法在不断地变化着，如若他是一位有资产的人，那么他的重心有时是他的乡间宅第，有时则是买马，或宴请友人，或旅行——简单地说，过着奢侈豪华的生活，这也就是他从他的身外之物寻找快乐的原因。在论及相反情况以前，我们先比较一下在两个极端之中的这一类人，这种人并没有杰出的精神能力，但其理智又多少比一般人要多一些。他对艺术的爱好只限于粗浅的涉猎，或者只对某个科学的分支有兴趣——如植物学，或物理学、天文学、历史，并能在这种研究中找到极大的乐趣，有朝一日，那些导致幸福的外在推动力一旦枯竭，或者不再能够满足他，他更会靠这些研究来取悦于他自己。这样的人，可以说，其重心已经部分地存在于他自身之中了，但这种对于艺术的一知半解的爱好与创造性的活动迥然有别；对科学的业余研究容易流于浅疏，而且不可能触及问题的实质。人不应当完全把自己投身到这样的追求上来，或者让这些追求完全充满了整个的生活，以至于对其他任何事物都失去了兴趣。唯有最高的理智能力，即我们称其为天资的东西，无论它把生活看作是诗的主题，还是看作哲学的主题，它要研究所有的时代和一切存在，并力图表达它关于世界的独特的概念。所以，对天才来说，最为急需的乃是无任何干扰的职业、他自己的思想及其作品；他乐于孤寂，闲暇给他愉快，而其余一切都是不必要的，甚至那不啻是一些负担而已。

唯有这样的人，才可以说他的重心完全存在于他自身之中。这就说明了，这样的人——他们极其稀少，无论他们的性格多么优秀，他们都不会对朋友、家庭或总之一般说来的公众，表现出过多的热情和兴趣，而其他的人则常常这样。如果他们心里唯有他们自己，那么他们就不会为失去任何别的东西而沮丧。这就使得他们的性格有了孤寂的基础，由于其他人绝不会使他们感到满意，因而这种孤寂对他们越发有效。总的说来，他们就像本性与别人不同的人，因为他们不断地强烈地感到这种差别，所以他们就像外国人一样，习惯于流离转徙，浪迹天涯，对人类进行一般的思考，用"他们"而非"我们"来指称人类。

所以，我们的结论是，自然赋予他以理智财富的人乃是最幸福的人，主观世界要比客观世界和我们的关系紧密得多。因为无论客观事物是什么，也只能间接地起作用，而且还必须以主观的东西为媒介。

卢西安说，灵魂富有才是唯一真正的富有，其他所有的财宝甚至会导致极大的毁灭。内心丰富的人不需要任何外在的东西，但需要与之相反的宁静和闲暇，发展和锻炼其理智的能力，即享受他的这种财富；简单地说，在他的整个一生中的每时每刻，他只需要表现他自己。如果他注定要以这种特性的心灵影响整个民族，那么他只有一种方式来衡量是否幸福——是否能够使其能力日臻完美并且是否完成了他的使命，其他一切都无足轻重。因此，一切时代里的最有才智的人都赋予无干扰的闲暇以无限的价值，就仿佛它同人本身一样重要。亚里士多德说，幸福由闲暇构成。据第欧根尼·拉尔修记载，苏格拉底称颂闲暇是我们所能拥有的最美好的东西。所以，在《尼各马可伦理学》一书中，亚里士多德指出，献身于哲学的生活是最幸福的生活；或者像他在《政治学》中所说的那样，无论什么能力，只要得到自由发挥，就是幸福。这和歌德在《威廉·迈斯特》中所说的也完全一致，生而有天才并且要利用这种天才的人，在利用其天赋时会得到最大的幸福。

然而，普通人的命运注定难得有无干扰的闲暇，而且它并不属于人的本性，因为一般人命中注定要终生为着他自己和他的家人谋求生活必需品，他为求得生存而艰难相搏，不可能有过多的智力活动。所以，一般人很快就会对无干扰的闲暇感到厌倦，如若没有一些不真实不自然的目的来占有它，如玩乐、消遣，以及所有癖好，人生便会成为一个沉重的负担。由于这个原因，它受到了种种可能性的威胁，正如这句格言所说的——一旦无所事事，最难的莫过于保持平静。另一方面，理智太过超常，便会同变态一样不自然。但是如果一个人拥有超常的理智，那么，他便是一位幸福的人，他所需要的无干扰的闲暇，正好是其他人认为令人感到难以负担的、有害的；一旦缺少了闲暇，他便会成为套上缰绳的柏伽索斯①，便会不幸。如若这两种情况，即外在的和内在的、无干扰的闲暇与极度的理智，碰巧在同一人身上统一起来，那将是一种极大的幸运；如若结局一直令人满意，那么便会享有一种更高级的人生，那免于痛苦和烦恼的人生，免于为着生存而做痛苦斗争的人生，能够享受闲暇的人生（这本身便是自由悠闲的存在）——只需相互中和抵消，不幸便会奔走他方。

　　然而，有些说法和这种看法相反。理智过人意味着性格极度神经质，因而对任何形式的痛苦都极其敏感。而且，这种天赋意味着性格狂热执着，想象更为夸张鲜明，这种想象如影随形、不可分离地伴随着超常的理智能力，它会使具有这种想象的人，产生程度相同的强烈情感，使他们的情感无比猛烈，而寻常的人对于较轻微的情感也深受其苦。世界上产生痛苦的事情比引起快乐的事情多。有人常常似是而非地说道，心灵狭隘的人实质上乃是最幸福的人，虽然他的幸运并不为人所羡慕。关于这一点，我不打算在读者自己进行判断前表明我的看法，尤其因为索福克勒斯自己表明了两种完全相抵触的意见。他说："思想乃是幸福至关重要的因素。"但在别

---

①柏伽索斯：希腊神话中有双翼的飞马，被它踩踏过的地方有泉水涌出，诗人饮了便会产生灵感，所以柏伽索斯乃是诗人灵感的象征。

的地方，他又说："没有思想的生活是最快乐的生活。"《旧约全书》的哲人们也发现他们自己面临着同样的矛盾。如《圣经外传》上写道："愚昧无知的生活比死亡还要可怕。"而在《旧约·传道书》中又说："有多少智慧便有多少不幸，创造了知识就等于创造了悲哀。"

但是，我们说，精神空虚贫乏的人因为其理智狭隘偏执、平庸流俗，所以严格地说，只能称为"凡夫俗子"（philister）——这是德语的一种独特表达，属于大学里所流行的俚语；后来使用时，通过类比的方法获得了更高的意义，尽管它仍有着原来的含义，意思是指没有灵感的人，凡夫俗子便是没有灵感的人。我宁愿采取更为偏激的观点，用凡夫俗子这个词来指那些为着并不真实而自以为实在的现实而忙忙碌碌的人。但这样的定义还只是一种抽象模糊的界说，所以并不十分容易理解，在这篇论文里出现这样的定义几乎是不合适的，因为本文的目的就在于通俗。如若我们能令人满意地揭示辨别凡夫俗子的那些本质特征，那么我们便可以轻而易举地阐明其他的定义。我们可以把他们界说为缺少精神需要的人。由此可以得出：

第一，相对他自身，他没有理智上的快乐。如前所说，没有真实的需要，便不会有真正的快乐。凡夫俗子们并非靠了获取知识的欲望，靠着为他们自身着想的远见卓识，也不是依靠那与他们极其接近的富于真正审美乐趣的体验，来给他们的生活灌注活力。如若这种快乐为上流社会所欢迎，那么这些凡夫俗子便会趋之若鹜，他强迫自己这样做，但他们所发现的兴趣只局限在尽可能少的程度。他们唯一真正的快乐是感官的快乐，他们认为只有感官的快乐才能弥补其他方面的损失。在他们看来，牡蛎和香槟酒便是生活的最高目的。他们的生活就是为了获取能给他们带来物质福利的东西。他们确实会为此感到幸福，虽然这会引起他们的一些苦恼。即使沉浸在奢侈豪华的生活之中，他们也不可避免地感到烦恼。为了解除苦恼，他们使用大量的迷幻药物、玩球、看戏、跳舞、打牌、赌博；赛马、玩女人、饮酒作乐、旅行等等，但所有这一切并不能使人免于烦恼，因为哪里没有理智的需要，哪里就不可能有理智的快乐。凡夫俗子们的独特之处就在于呆滞愚笨、麻木不仁，和牲畜极其相似。任何东西也无法使他高兴、激动或感兴趣，那种感官的快乐一旦衰竭，他们的社会交往便即刻成为负担，有人也许就会厌倦打牌了。舍弃那些浮华虚荣的快乐，他可以通过这些虚荣来享受到自己的实实在在的快乐。如他感到自己在财产、地位上，相对其他那些敬重他的人的权势及力量，都高人一等；或者去追随那些富有而且权势显赫的人，依靠着他们的光辉来荣耀自己——这即是英国人称之为"势利鬼"的家伙。

第二，从凡夫俗子的本性来看，由于他没有理智的需要，而只有物质的需求，因而他会与那些能够满足他的物质需要而非精神需要的人进行交往。他把从朋友那里得到任何形式的理智能力看作是最无关紧要的事情；而且，即使他碰巧遇上别人拥有这种能力，那也会引起他们的反感甚至憎恶。原因很简单，因为除了令人不快的自卑感外，在他的内心深处感受到一种愚蠢的妒意，而他不得不把这种妒意小心翼翼地隐藏起来，不过这种妒忌有时会变成一种藏而不露的积怨。尽管如此，他也绝不会想到使自己的价值或财富观念与这样一些性质的标准符合一致。他不断地追求着地位、财富、力量和权势，在他眼中，只有这些东西才算是世界上真正一本万利的东西；他志在使自己擅长于谋取这些福利，这便是作为一个没有理智需要之人的结局。对理想毫无兴趣，这是所有庸夫们最大的苦恼，而且为免于苦恼，他们不断地需要实在的东西，而实在的东西既不能使人知足，也是危险万分的。当他们一旦对这些失去了兴趣，他们便会疲惫不堪。相反，理想的世界是广阔无边的、平静如水的，它是"来自于我们忧伤领域之后的某种东西"。

导读

　　叔本华（1788—1860），德国哲学家。他对人间的苦难甚为敏感，因而他的人生观带有强烈的悲观主义倾向。他致力于哲学家柏拉图和康德著作的研究，反对黑格尔的绝对唯心主义。代表作品有《作为意志和表象的世界》《论处于自然界中的意志》等。

　　在这篇文章中，作者对"凡夫俗子"进行了批判，他将凡夫俗子界定为"缺少精神需要的人"，指出他们"没有理智上的快乐"，"由于他没有理智的需要，而只有物质的需求，因而他会与那些能够满足他的物质需要而非精神需要的人进行交往"。这里的"凡夫俗子"，也可以理解为市侩，作者对他们进行了鞭辟入里的分析。在这些批评背后，显示出了另一种不同于凡夫俗子的追求，如作者所说："我的哲学虽然从来没有给我赢得一个小钱，但它为我节省了许多开销。""对天才来说，最为急需的乃是无任何干扰的职业、他自己的思想及其作品；他乐于孤寂，闲暇给他愉快，而其余一切都是不必要的，甚至那不啻是一些负担而已。"作者将天才与凡夫俗子两类人进行区分，使我们看到了天才的精神追求之可贵，但在这里，也流露出了作者的精英意识。

聪明人和傻子和奴才①

鲁迅 著

奴才总不过是寻人诉苦。只要这样，也只能这样。有一日，他遇到一个聪明人。

"先生！"他悲哀地说，眼泪连成一线，就从眼角上直流下来，"你知道的。我所过的简直不是人的生活。吃的是一天未必有一餐，这一餐又不过是高粱皮，连猪狗都不要吃的，尚且只有一小碗……"

"这实在令人同情。"聪明人也惨然说。

"可不是嘛！"他高兴了，"可是做工是昼夜无休息的：清早担水晚烧饭，上午跑街夜磨面，晴洗衣裳雨张伞，冬烧汽炉夏打扇。半夜要煨银耳，侍候主人耍钱；头钱②从来没分，有时还挨皮鞭……"

"唉唉……"聪明人叹息着，眼圈有些发红，似乎要下泪。

"先生！我这样是敷衍不下去的。我总得另外想法子。可是什么法子呢？……"

---

①本篇最初发表于 1926 年 1 月 4 日《语丝》周刊第 60 期。
②头钱：旧社会里提供赌博场所的人向参与赌博者抽取一定数额的钱，叫作头钱，也称"抽头"。侍候赌博的人，有时也可从中分得若干。

"我想，你总会好起来……"

"是吗？但愿如此。可是我对先生诉了冤苦，又得你的同情和慰安，已经舒坦得不少了。可见天理没有灭绝……"

但是，不几日，他又不平起来了，仍然寻人去诉苦。

"先生！"他流着眼泪说，"你知道的。我住的简直比猪窠还不如。主人并不将我当人；他对他的叭儿狗还要好到几万倍……"

"混账！"那人大叫起来，使他吃惊了。那人是一个傻子。

"先生，我住的只是一间破小屋，又湿，又阴，满是臭虫，睡下去就咬得真可以。秽气冲着鼻子，四面又没有一个窗……"

"你不会要你的主人开一个窗的吗？"

"这怎么行？……"

"那么，你带我去看去！"

傻子跟奴才到他屋外，动手就砸那泥墙。

"先生！你干什么？"他大惊地说。

"我给你打开一个窗洞来。"

"这不行！主人要骂的！"

"管他呢！"他仍然砸。

"人来呀！强盗在毁咱们的屋子了！快来呀！迟一点可要打出窟窿来了！……"他哭嚷着，在地上团团地打滚。

一群奴才都出来了，将傻子赶走。

听到了喊声，慢慢地最后出来的是主人。

"有强盗要来毁咱们的屋子，我首先叫喊起来，大家一同把他赶走了。"他恭敬而得胜地说。

"你不错。"主人这样夸奖他。

这一天就来了许多慰问的人，聪明人也在内。

"先生，这回因为我有功，主人夸奖了我了。你先前说我总会好起来，实在是有先见之明……"他大有希望似的高兴地说。

"可不是嘛……"聪明人也代为高兴似的回答他。

一九二五年十二月二十六日

导读

　　鲁迅（1881—1936），中国现代著名文学家、思想家和革命家。原名周树人，字豫才，浙江绍兴人。有小说集《呐喊》《彷徨》《故事新编》，散文诗集《野草》，散文集《朝花夕拾》，杂文集《热风》《华盖集》《三闲集》等。

　　此文是一篇带有讽喻性的散文，通过对聪明人、傻子、奴才等人物的描写，写出了三种不同的人生态度。奴才只懂得诉苦，通过诉苦从别人那里寻得一点安慰；聪明人则对奴才的境遇抱有同情、怜悯的态度，会说些好话，让他把希望寄托在将来，而不谋求当下生活的改变；傻子则与之相反，顷刻间便要通过自己的力量来改变奴才的生活现状，而他的改变却引来了奴才的反对。奴才是苟安于现状的，不仅如此，他还通过阻止傻子获得了主人的夸奖，从而有了聪明人祝福的"好的未来"，这样的结果是出人意料的，但同时也是历史过程中的真实。在这篇短短的文章里，鲁迅写出了对人性与历史的洞见。黑格尔曾以"主奴结构"来分析人类精神史的演变，鲁迅在这里则加上了聪明人和傻子两种类型的人物，如果说聪明人可以理解为鲁迅在文章中不止一次讽刺过的"帮忙"与"帮闲"，傻子则可以说是意图改变世界的"革命者"。那么鲁迅究竟赞同哪一种人生态度呢？对于主人、奴才和聪明人的态度他无疑是有所反对的，但对于"傻子"，他是否完全赞同呢？我们可以看出鲁迅对傻子持肯定态度，但同时又有所保留，这些从文中描述傻子的语气与傻子的下场可以看出。在这里，鲁迅的态度是复杂的，包含着对历史的洞见。

得　救①

[捷克] 雅·哈谢克 著　水宁尼 译

　　为什么要绞死巴夏尔，这是无关故事的宏旨的。临刑的前夕，当看守长端着酒肉出现在他牢房里的时候，尽管良心上压积着好些罪愆，他还是禁不住笑逐颜开了。

　　"这些都是给我的吗？"

　　"对，对。"看守长深表同情地说，"最后一顿了，您就吃个痛快吧。回头再给您把凉拌黄瓜端来——我一次端不了这么些。"

　　巴夏尔满意地听完了他的话，便舒舒坦坦地在桌旁坐下，咧嘴一笑，开始狼吞虎咽地嚼起炸牛肉来了。看来他是一条神清气爽的混世虫，要尽量从生活中捞取一切，连这最后的片刻享受也不肯放过。

　　只有一个念头冲淡了他的食欲，那便是今天早上他收到通知，说他的请赦书已被驳回，只准缓期执行二十四小时。这些巴不得所有囚犯都乖乖地引颈就刑的人们，就要来绞死他，看着他一命呜呼，

---

①选自《哈谢克小说小品选》，外国文学出版社，1984 年版。

他们自己呢，明天、后天甚至好多年以后还是照常活下去，照常在每天晚上悠然地回家，而他巴夏尔早已不在人世了。

他闷闷不乐地想着这些，嘴里塞满炸牛肉。在旁人给他把凉菜和小面包端来的时候，他竟长叹了一声，说想抽口好烟。

大家就给这犯人买来上等烟叶，看守长还亲自给他递上火柴，并且趁便向他大谈上帝的无限天恩，说纵然失掉了尘世上的一切，未始不能在天上……

犯人请求给他再来一份火腿和一升烧酒。

"今天您要什么就有什么，"看守长说，"对像您这种处境的人，我们是没有什么舍不得的。"

"那么就请再添两份肝制香肠吧。另外再来一升黑啤酒我也领情。"

"决不会少您半点儿的，我马上就去吩咐。"看守长殷勤地说，"我们犯得着不讨您喜欢吗？人一辈子也活不了多久，还是多吃多喝点儿的好。"

当看守长将那些酒肴送来的时候，巴夏尔说已经够了。

然而并不如此。

"喂，"他扫光了碟子，说，"我还要一份炸兔肉、一份意大利干酪、一份油焖沙丁鱼和一些别的好菜。"

"您爱吃什么就请点什么好啦。说实在的，看到您的胃口特别好，真叫人打心眼里高兴。您大概不会在天亮以前上吊吧？我看您还是相当正派的。再说，巴夏尔先生，在政府把您绞死以前去自寻短见，对您又有哪点儿好呢？我是实人说实话，这您也是办不到的，办不到的！完全甭朝这上面胡思乱想！您最好还是再来几口啤酒吧。依我看，咱们还处得顺顺溜溜。意大利干酪下啤酒，真是奇妙无比！我再去给您拿两杯来。沙丁鱼和炸兔肉正好作您老兄的下酒菜咧。"

不一会儿，这些佳肴美酒的香味充满了整个牢房。巴夏尔将桌上的杯盘摆弄齐整后，就又大嚼起干酪和沙丁鱼来，一面还左右逢源地喝着啤酒和烧酒。

猛然间他记起了，在他还未入狱的时候，有一次，他也是这样酒足饭饱、心旷神怡地坐在郊外一家餐厅的凉台上进着晚餐。翠绿的树叶在皓月的清辉之下熠熠发光。在他的对面，就像眼前的看守长一样，坐着胖胖的餐厅老板。这一角天堂的主人喋喋不休地饶着舌，不住地向巴夏尔敬酒敬菜……

"讲个笑话给我听吧。"巴夏尔说。于是看守长便给他讲起一个——正如他自己也不讳言的——下流的笑话来。

巴夏尔请求再来一点水果、一杯黑咖啡和几块饼干作点心。

他的这个请求也如愿以偿了。在他用完点心之后，牢房里进来了一个狱中牧师，打算给囚犯一番最后的劝慰。

牧师是个神情愉快、和蔼可亲的汉子，如同巴夏尔周围这群为他操心、判他死刑、明天就要绞死他的人一样。他们一个个满面春风，和他们打交道很痛快。

"上帝会使您得到安慰的，"狱中牧师拍着巴夏尔的肩膀说，"明天一早便万事都了啦，不过也用不着垂头丧气，您还是忏悔忏悔，打起精神来瞻望一下天国吧。您要信赖上帝，因为他对每个悔罪的人都十分欢迎。谁要是不肯忏悔，谁就会在牢房里彷徨哭泣，一夜难安。但这对您又有什么好处呢？唉！只不过是自讨苦吃罢了。谁忏悔，谁就能在这最后一夜里睡个好觉，做个好梦。我再重复一遍，老弟，要是您肯洗涤一下灵魂上的罪恶，便会觉得好过得多了。"

谁知巴夏尔陡然面如土色。他直想呕吐，五脏六腑翻动了，却又吐不出来。一阵可怖的痉挛攫住了他的全身。他蜷曲着、痉挛着，额头冷汗淋漓。

这下可把牧师吓坏了。

看守们纷纷跑来，连忙把巴夏尔送进了狱中医院。狱医们一看都摇头。傍晚，巴夏尔发起高烧。子夜以后，医生们宣布他的病况非常险恶，并且一致断定是剧烈中毒。

重病的人照例是不处死的，因此当天夜里并没有在庭心给巴夏尔搭绞架。

相反是替他清洗肠胃，还把那些未被消化的食物残块进行了一番化验，结果发现肝制香肠已经腐烂，含有剧毒。

在那家出售香肠的商店里突然光临了一个调查团。调查的结果是那香肠商违反了卫生规定，香肠没有放在冷藏室，而是放在温暖的地方。调查团做完记录，案子就转到检察长手中去了。检察长便以食物保藏不合卫生的罪名，把那商人审讯了一通。

在那些治疗巴夏尔的狱医之中，有一位心地善良的年轻医生。他寸步不离地守着那张病床，想尽一切办法来使病人起死回生，因为这件案子实在是太稀罕、太离奇、太有趣了。年轻的医生日夜不懈地护理着巴夏尔。两周以后，他便拍了拍犯人的背道：

"您得救啦！"

第二天巴夏尔就被依法绞死了，因为他已经有了足够上绞架的健康。

使巴夏尔苟延残喘两星期的香肠商被判处了三个星期的徒刑，而救了巴夏尔一命的医生得到了上司的赞扬。

导读

　　雅·哈谢克（1883—1923），捷克斯洛伐克作家。文风幽默，善于以讽刺的笔调书写社会问题，代表作长篇小说《好兵帅克》以一个普通的士兵帅克的从军经历为情节线索，深刻揭露了奥匈帝国统治者的凶恶专横及其军队的腐败堕落，是一部杰出的政治讽刺小说。

　　《得救》是一篇批判现实主义的杰作，讲述了死刑犯巴夏尔在临刑前遭遇食物中毒，被救活后又被处死的故事。在不长的篇幅中，作者淋漓尽致地抨击了当局的僵化、可笑。故事情节一波三折，结局出乎意料却又合乎情理，充满讽刺意味，彰显了哈谢克深厚的批判功力。

　　文章运用反衬的手法，通过巴夏尔吃晚餐时对月色的回忆，将其未入狱时的自由轻松和如今的绝望无奈进行鲜明对比，表现了巴夏尔临刑前对自由生活的向往。结尾言简意赅地交代了"得救"的不可能性，嘲讽了伪善的道德观念和僵化的社会制度。

我的精神家园

王小波 著

  我十三岁时，常到我爸爸的书柜里偷书看。那时候政治气氛紧张，他把所有不宜摆在外面的书都锁了起来，在那个柜子里，有奥维德的《变形记》，朱生豪译的莎翁戏剧，甚至还有《十日谈》。柜子是锁着的，但我哥哥有捅开它的方法。他还有说服我去火中取栗的办法：你小，身体也单薄，我看爸爸不好意思揍你。但实际上，在揍我这个问题上，我爸爸显得不够绅士派，我的手脚也不太灵活，总给他这种机会。总而言之，偷出书来两人看，挨揍则是我一人挨，就这样看了一些书。虽然很吃亏，但我也不后悔。

  看过了《变形记》，我对古希腊着了迷。我哥哥还告诉我说：古希腊有一种哲人，穿着宽松的袍子走来走去。有一天，有一位哲人去看朋友，见他不在，就要过一块涂蜡的木板，在上面随意挥洒，画了一条曲线，交给朋友的家人，自己回家去了。那位朋友回家，看到那块木板，为曲线的优美所折服，连忙埋伏在哲人家左近，待他出门时闯进去，要过一块木板，精心画上一条曲线……当然，这故事下余的部分就很容易猜了：哲人回了家，看到朋友留下的木板，又取一块蜡板，把自己的全部心胸画在一条曲线里，送给朋友去看，使他真正折服。现在我想，这个故事是我哥哥编的。但当时我还认真地想了一阵，终于傻呵呵地说道：这多好啊。时隔三十年回想起来，我并不羞愧。井底之蛙也拥有一片天空，十三岁的孩子也可以有一片精神家园。此外，人有兄长是好的。虽然我对国家的计划生育政策也无异议。

长大以后，我才知道科学和艺术是怎样的事业。我哥哥后来是已故逻辑大师沈有鼎先生的弟子，我则学了理科；还在一起讲过真伪之分的心得、对热力学的体会，但这已是我二十多岁时的事。再大一些，我到国外去旅行，在剑桥看到过使牛顿体会到万有引力的苹果树，拜伦拐着腿跳下去游水的"拜伦塘"，但我总在回想幼时遥望人类智慧星空时的情景。千万丈的大厦总要有片奠基石，最初的爱好无可替代。所有的智者、诗人，也许都体验过儿童对着星光感悟的一瞬。我总觉得，这种爱好对一个人来说，是不可少的。

我时常回到童年，用一片童心来思考问题，很多繁难的问题就变得易解。人活着当然要做一番事业，而且是人文的事业；就如有一条路要走；假如是有位老学究式的人物，手执教鞭戒尺打着你走，那就不是走一条路，而是背一本宗谱。我听说苏联就是这么教小孩子的：要背全本的普希金、半本莱蒙托夫，还要记住俄罗斯是大象的故乡（肖斯塔科维奇在回忆录里说了很多）。我们这里是怎样教孩子的，我就不说了，以免得罪师长。我很怀疑会背宗谱就算有了精神家园，但我也不想说服谁。安徒生写过《光荣的荆棘路》，他说人文的事业就是一片着火的荆棘，智者仁人就在火里走着。当然，他是把尘世的嚣嚣都考虑在内了，我觉得用不着想那么多。用宁静的童心来看，这条路是这样的：它在两条竹篱笆之中。篱笆上开满了紫色的牵牛花，在每个花蕊上，都落了一只蓝蜻蜓。这样说固然有煽情之嫌，但想要说服安徒生，就要用这样的语言。维特根斯坦临终时说：告诉他们，我度过了美好的一生。这句话给人的感觉就是：他从牵牛花丛中走过来了。虽然我对他的事业一窍不通，但我觉得他和我是一头儿的。

  ……

导读

　　王小波（1952—1997），当代著名学者、作家，代表作有《黄金时代》《白银时代》《青铜时代》等，作品富于想象力，同时具有理性批判精神，擅长以喜剧精神和幽默风格述说关于人类生存状况的荒谬故事，并透过故事描写权力对创造欲望和人性需求的扭曲及压制。

　　《我的精神家园》中王小波回忆了少年时偷看爸爸的书的经历，充满对书籍和知识的渴望，但爱读书并不是学究式的死读书，像王小波在文中所说："我时常回到童年，用一片童心来思考问题，很多繁难的问题就变得易解。"最初的爱好无可替代，回归童心，找寻到自己的精神家园，许多问题便能迎刃而解。

　　本文笔触轻松诙谐，流露着赤子之心，坦诚直率地道出王小波的生活哲学——这世间有智慧在，有趣味在，让我们回归初心，栖息于自己的精神家园，如此才能遥望到诗和远方，自由地在蓝天白云下徜徉。

蔡太师是如何走到尽头的^①

李国文 著

　　蔡太师即北宋末期的大臣蔡京。他画好，诗好，字好，文章好。当然，误国殃民，贪赃枉法，窃弄权柄，恣为奸利，也是"好"得不得了，最后，亡国了事。

　　宋人罗大经《鹤林玉露》丙编卷之六载："有士大夫于京师买一妾，自言是蔡太师府包子厨中人。一日，令其做包子，辞以不能。诘之曰：'既是包子厨中人，何为不能做包子？'对曰：'妾乃包子厨中缕葱丝者也。'"

　　如果厨娘所言为实，可想而知，太师府的厨房里，有缕葱丝者，那也必有剥蒜头者，摘韭菜者，切生姜者的各色人等，这是毫无疑问的了。连料理作料这般粗活都如此专业化分工，以此类推，红案白案，酒水小吃，锅碗瓢勺，油盐酱醋，更不知该有多少厨师、帮手、采买、杂工，在围着他的这张嘴转。可见，这位中国历史上数得着

---

①原载《北京晚报》（2010年8月4日）。

的权奸，也是中国历史上数得着的巨贪，在其当朝柄政、权倾天下、为非作恶、丧心病狂之际，那腐败堕落、淫奢糜烂的程度，到了何等猖狂的地步。

蔡京（1047—1126年），福建仙游人，字元长，为徽宗朝"六贼"之首。"元祐更化"时，他力挺保守派司马光废除免役法，获重用，绍圣初，又力挺变法派章惇变行免役法，继续获重用。首鼠两端，投机倒把，是个被人不齿的机会主义分子。徽宗即位，因其名声太臭，被劾削位，居杭州。适宦官童贯搜寻书画珍奇南下，蔡京变着法儿笼络这位内廷供奉，得以重新入相。从此，赵佶像吃了他的迷魂药一样，无论蔡京如何打击异己，排斥忠良，窃弄权柄，恣为奸利，宋徽宗总是宠信有加，不以为疑。

所以，朝廷中每一次反蔡风潮掀起，宋徽宗虽然迫于情势，不得不将蔡京降黜一下，外放一下，以抚平民意，但总是很快地将其官复原职。从他登基的崇宁元年（1102年），任蔡为尚书右仆射兼中书侍郎起，到靖康元年（1126年）罢其官爵止，二十多年里，赵佶四次罢免了他，又四次起用了他。最后，蔡京年近八十，耳背目昏，步履蹒跚，赵佶仍要倚重他，直到自己退位。

一个好皇帝，碰上一个不好的宰相，国家也许不会出问题；一个不好的皇帝，碰上一个好宰相，国家也许同样不会出问题；但一个不好的皇帝，碰上了一个不好的宰相，那这个国家就必出问题不可。北宋之亡，固然亡在不好的皇帝赵佶手里，也是亡在这个不好的宰相手里。北宋完了的同时，蔡京终于走到头了，老百姓等到了看他垮台失败的这一天。据《宋史》："钦宗即位，徙（蔡京）韶、儋二州，行至潭州死，年八十。""虽谴死道路，天下犹以不正典刑为恨。"

人们虽然没看到蔡京被明正典刑，深以为憾，但要给他一点颜色看看，以泄心头之恨，也以此煞一煞小人得志不可一世的威风。人们忽然悟到，有一条收拾他的绝妙主意，是人人可以不用费力，不需张罗即能做到的，那就是在其充军发配的一路之上，不卖给蔡京一粒粮，一滴油，一叶菜，更甭说一块烙饼，一个馒头或一个包子了。没有发通知，没有贴布告，更没有下命令、发文件，街乡市井、城镇村社、驿站旅店、庄户人家，所有人表现出从来没有过的齐心——让他活生生地饿死！

饥肠饿肚的蔡京，回想当年那山珍海味，那珍肴奇馔，现在连一口家常便饭也吃不着了。那时候，他爱吃一种腌制食品"黄雀酢"，堆满三大间厅堂，他转世投胎一千次也吃不完，现在想闻闻那扑鼻香味也不可能了。那时候，他想吃一个包子，得若干人为之忙前忙后，现在，即使那个缕葱丝的妇女碰上他，也绝不肯将缕下的废物——一堆烂葱皮，给这个饿得两眼翻白的前太师。

中国人对于贪官污吏的憎恨之心，惩罚之意，是绝对一致的，过街老鼠人人喊打的坚定坚决，也是从不动摇的。因此，再也没有比这种饿死蔡京的做法更让人们开心的了。

王明清《挥尘后录》："初，元长之窜也，道中市食饮之物，皆不肯售，至于辱骂，无所不至。乃叹曰：'京失人心，一至于此。'"蔡京虽然饿死了，但不等于所有蔡京式的人物都饿死了，因此，这个陈旧的故事，或许能让有些人，读出一点震慑的新意来。

导读

　　李国文，1930 年出生于上海，原籍江苏省盐城市，当代作家。1957 年 7 月在《人民文学》上发表反对官僚主义的短篇小说《改选》，引起一定反响。1981 年出版的长篇小说《冬天里的春天》于 1982 年获首届茅盾文学奖。

　　本文首先通过讲述蔡京府中厨子分工之细，以小见大，展示出蔡京权势滔天时是何等的腐败堕落。其次介绍了历史上蔡京的一生——这位蔡太师在宋徽宗执政时步步高升，备受宠信，权倾天下，终于在宋钦宗继位后被充军发配，百姓对他深恶痛绝，在他发配的路途中不给他一点食物，齐心协力地让他饿死途中。最后作者从这件事引申到中国人对贪官污吏的憎恶之心，希望当今的官员能引以为戒，勤俭为公，拒绝贪污腐败。

　　"水能载舟，亦能覆舟"。为官一任，理应造福一方，倘若只顾自己享乐，鱼肉百姓，那么终将受到百姓的惩罚。作者引经据典，通过描写蔡京走到尽头时的狼狈，警戒世人。

人生边上的窃笑

人生有痛苦，也有欢乐，对人生的描写是文学作品永恒的主题。这一单元所选的文章，写出了对人生的不同态度。就内容而言，有的写人的历史，有的写对职业的思考，有的写读书生活，有的写故乡风物，各有不同；形式上也是多姿多彩，各有特色。但它们都体现出对人生的独特理解，值得我们用心去欣赏。

职 业①

汪曾祺 著

文林街一年四季，从早到晚，有各种吆喝叫卖的声音。街上的居民铺户、大人小孩、大学生、中学生、小学生、小教堂的牧师，和这些叫卖的人自己，都听得很熟了。

"有旧衣烂衫找来卖！"

我一辈子也没有听见过这么脆的嗓子，就像一个牙口极好的人咬着一个脆萝卜似的。这是一个中年的女人，专收旧衣烂衫。她这一声真能喝得千门万户开，声音很高，拉得很长，一口气。她把"有"字切成了"——尤"，破空而来，传得很远（她的声音能传半条街）。"旧衣烂衫"稍稍延长，"卖"字有余不尽：

"——尤旧衣烂衫……找来卖……"

"有人买贵州遵义板桥的化风丹……"

我从此人的吆喝中知道了一个一般地理书上所不载的地名——

---

①自汪曾祺著《矮纸集》，长江文艺出版社，1996年版。

板桥，而且永远也忘不了，因为我每天要听好几次。板桥大概是一个镇吧，想来还不小。不过它之出名可能就因为出一种叫化风丹的东西。化风丹大概是一种药吧？这药是治什么病的？我无端地觉得这大概是治小儿惊风的。昆明这地方一年能销多少化风丹？我好像只看见这人走来走去，吆喝着，没有见有人买过他的化风丹。当然会有人买的，否则他吆喝干什么？这位贵州老乡，你想必是板桥的人了，你为什么总在昆明待着呢？你有时也回老家看看吗？

黄昏以后，直至夜深，就有一个极其低沉苍老的声音，很悲凉地喊着：

"壁虱药！虼蚤药！"

壁虱即臭虫。昆明的跳蚤也是真多。他这时候出来吆卖是有道理的。白天大家都忙着，不到快挨咬，或已经挨咬的时候，想不起买壁虱药、虼蚤药。

有时有苗族的少女卖杨梅、卖玉麦粑粑。

"卖杨梅——！"

"玉麦粑粑——！"

她们都是苗家打扮，戴一个绣花小帽子，头发梳得光光的，衣服干干净净的，都长得很秀气。她们卖的杨梅很大，颜色红得发黑，叫作"火炭梅"，放在竹篮里，下面衬着新鲜的绿叶。玉麦粑粑是嫩玉米磨制成的粑粑（昆明人叫玉米为苞谷，苗人叫玉麦），下一点盐，蒸熟（蒸出后粑粑上还明显地保留着拍制时的手指印痕），包在玉米的嫩皮里，味道清香清香的。这些苗族女孩子把山里的夏天和初秋带到了昆明的街头了。

……

在这些耳熟的叫卖声中，还有一种，是：

"椒盐饼子西洋糕！"

椒盐饼子，名副其实：发面饼，里面和了一点椒盐，一边稍厚，一边稍薄，形状像一把老式的木梳，是在铛上烙出来的，有一点油性，颜色黄黄的。西洋糕即发糕，米面蒸成，状如莲蓬，大小亦如之，有一点淡淡的甜味。放的是糖精，不是糖。这东西和"西洋"可以说是毫无瓜葛，不知道何以命名曰"西洋糕"。这两种食品都不怎么诱人。淡而无味，虚泡不实。买椒盐饼子的多半是老头，他们穿着土布衣裳，喝着大叶清茶，抽金堂叶子烟，泛览周王传，流观山海图，一边嚼着这种古式的点心，自得其乐。西洋糕则多是老太太叫住，买给她的小孙子吃。这玩意好消化，不伤人，下肚没多少东西。当然也有其他的人买了充饥，比如拉车的，赶马的马锅头①，在茶馆里打扬琴说书的瞎子……

卖椒盐饼子西洋糕的是一个孩子。他斜挎着一个腰圆形的扁浅木盆，饼子和糕分别放在木盆两侧，上面盖一层白布，白布上放一饼一糕作为幌子。从早到晚，穿街过巷，吆喝着：

---

①马锅头：马帮的赶马人。

"椒盐饼子西洋糕!"

这孩子也就是十一二岁,如果上学,该是小学五六年级。但是他没有上过学。

我从侧面约略知道这孩子的身世。非常简单。他是个孤儿,父亲死得早。母亲给人家洗衣服。他还有个外婆,在大西门外摆一个茶摊卖茶,卖葵花子,他外婆还会给人刮痧、放血、拔罐子,这也能得一点钱。他长大了,得自己挣饭吃。母亲托人求了糕点铺的杨老板,他就做了糕点铺的小伙计。他晚上发面,天一亮就起来烧火,帮师傅蒸糕、打饼,白天挎着木盆去卖。

"椒盐饼子西洋糕!"

这孩子是个小大人!他非常尽职,毫不贪玩。遇有唱花灯的、耍猴的、耍木脑壳戏的,他从不挤进人群去看,只是找一个有荫凉、引人注意的地方站着,高声吆喝:

"椒盐饼子西洋糕!"

每天下午,在华山西路、逼死坡前要过龙云的马,这些马每天由马夫牵到郊外去遛,放了青,饮了水,再牵回来。他每天都是这时经过逼死坡(据说这是明永历帝被逼死的地方),他很爱看这些马。黑马、青马、枣红马。有一匹白马,真是一条龙,高腿狭面,长腰秀颈,雪白雪白。它总不好好走路。马夫拽着它的嚼子,它总是骒骒骎骎的。钉了蹄铁的马蹄踏在石板上,"郭答郭答"。他站在路边看不厌,但是他没有忘记吆喝：

"椒盐饼子西洋糕！"

饼子和糕卖给谁呢？卖给这些马吗？

他吆喝得很好听，有腔有调。若是谱出来，就是：

$$|^{\sharp}\ \underline{5\ \ 5}\ 6\ —\ —\ |\ \underline{5\ \ 3}\ \dot{2}\ —\ —\ \|$$

椒 盐 饼子　　西 洋 糕

放了学的孩子（他们背着书包），也觉得他吆喝得好听，爱学他。但是他们把字眼改了，变成了：

$$|^{\sharp}\ \underline{5\ \ 5}\ 6\ —\ —\ |\ \underline{5\ \ 3}\ \dot{2}\ —\ —\ \|$$

捏 着 鼻子　　吹 洋 号

昆明人读"饼"字不走鼻音，"饼子"和"鼻子"很相近。他在前面吆喝，孩子们在他身后模仿：

"捏着鼻子吹洋号！"

这又不含什么恶意，他并不发急生气，爱学就学吧。这些上学的孩子比卖糕饼的孩子要小两三岁，他们大都吃过他的椒盐饼子西洋糕。他们长大了，还会想起这个"捏着鼻子吹洋号"，俨然这就是卖糕饼的小大人的名字。

这一天，上午十一点钟光景，我在一条巷子里看见他在前面走。这是一条很长的、僻静的巷子。穿过这条巷子，便是城墙，往左一拐，不远就是大西门了。我知道今天是他外婆的生日，他是上外婆家吃饭去的（外婆大概炖了肉）。他妈已经先去了。他跟杨老板请了几个小时的假，把卖剩的糕饼交回到柜上，才去。虽然只是背影，但看得出他新剃了头（这孩子长得不难看，大眼睛，样子挺聪明），换了一身干净衣裳。我第一次看到这孩子没有挎着浅盆，散着手走着，觉得很新鲜。他高高兴兴，大摇大摆地走着。忽然回过头来看看。他看到巷子里没有人（他没有看见我，我去看一个朋友，正在倚门站着），忽然大声地、清清楚楚地吆喝了一声：

"捏着鼻子吹洋号！……"

导读

　　汪曾祺（1920—1997），江苏高邮人。著有小说集《晚饭花集》《汪曾祺短篇小说选》，文论集《晚翠文谈》等。所作小说多写童年、故乡，写记忆里的人和事，在浑朴自然、清淡委婉中表现和谐的意趣。他力求淡泊，脱离外界的喧哗和干扰，精心营构自己的艺术世界，自觉吸收传统文化，其创作具有浓郁的乡土气息，在小说散文化方面，开风气之先。

　　《职业》这篇小说，汪曾祺曾多次重写过，可见他对这篇小说的重视。这篇小说与汪曾祺的《受戒》《大淖记事》等名篇颇有相似之处：一是重视对乡俗民情的描写，小说开头对各种叫卖号子的描写就颇为精彩；二是小说的主人公同样是个未谙世事的孩子，写来让人觉得颇为可爱；三是整篇小说也是散文化的，以自然、散淡的笔墨写出，不追求强烈的故事性与戏剧性，而自有一番神韵，值得读者反复回味。小说写的是一个小孩的故事，却以"职业"这么大的一个名词做标题，可见作者的深意。在这里，作者虽然表现了"职业"对孩子来说是那么辛苦，但他感兴味的并非是表现对社会不公的不满，而是描写当这孩子卸去了"职业"的负担，以"游戏"的态度去重复别人的吆喝声的时刻：在这一刻，孩子恢复了孩子的本色，艰苦的生活也呈现出了诗意。

爱书狂者之话^①

阿英 著

一

　　在过往，有许多的爱书狂者，他们对于书籍的兴味，是非常浓厚的。旧诗中，所谓"一生勤苦书千卷"，所谓"黄金散尽为收书"，都是说这一班人爱书如何的狂热。不过这是就有钱买书的人说。没有钱买书的却不能如此。他们有的跑到书坊里立在那儿"揩油"读，有的背了手对着架上的书签发呆，有的跑上百十里路去乞怜于藏书家之门，还有的，是如郭沫若所写，找着一个很好的机会，对自己所爱的书来"万引"一下，没钱的人也有没钱的办法。这些事，散见在古籍里的很多，也很有兴味，从这里更可以看到，许多在学问上努力的人，曾经用怎样艰苦的精神，来战胜无书的困难。自己在学问上虽然无所成就，但这样艰难的路，是不断地在走着的。因此

①选自《阿英书话》，北京出版社，1996年版。

读书时，对于这一类的事件，也特别地留意。现在，把较有意义的一部分写述下来，成一篇《爱书狂者之话》，欢喜看这样故事的人，在读者中，大约总不乏其人吧。这算是"序记"。

二

明代末年，藏书最富的，在大江以南，要推钱牧斋，他的宋元精本极多。不幸，遇了一次火劫，这些书都变成劫灰，只有在东城的无恙。其间，有宋版的北宋《汉书》《后汉书》。牧斋买此书，仅出价三百余金，因为《后汉书》缺两本，卖书的人特别减价。牧斋把这部书看得很宝贵，委托许多书贾访求补全。其间的一个，某次停舟在乌镇时，到岸上买面做晚饭，面店主人在败篓里拿出两本书来作包裹。书贾看见，竟是宋版《后汉书》，而且正是牧斋缺少的两本。他很高兴，商得面店老板同意，花了"几枚钱"买得。但其间的一本，缺少第一页，问面店主人，说是对面的邻人刚刚托了面去。书贾便去对邻，连这一页也要了来。连夜赶到常州，送给牧斋。牧斋欣喜欲狂，办了很好的酒席请他吃饭，并送他二十金。这部书，到了清初，被"居要津者"取了去。《牧斋遗事》上所载如此。

三

钱牧斋不仅买书也曾卖过书。在宋牧仲的《筠廊偶笔》里，我曾经看到一则关于他卖书的事。说王弇州先生有一部宋版《汉书》，得之吴中陆太宰家，纸为罗纹纸，字类欧阳率更，是赵文敏的故物，卷首有文敏自作的小像。弇州也把自己的像印在后面。他死之后，钱牧斋用千金买得，后再卖给四明谢象三。牧斋卖书后曾说：

此书去我之日，殊难为怀。李后主去国，听教坊杂曲，挥泪对宫娥一段，凄凉景色，约略相似。

古人作文，有得句如得官的感想与快乐，由牧斋的故事看去，失书是和失江山一样地严重了。牧仲又说"顺治间此书归新乡某公，近已携往塞外"。京口有个李维柱，听到有这么一部书，尝说，假使能够得到此书，当每日焚香礼拜，死即殉葬。古人爱书的狂热，于此可以想见了。

四

吴兴陈锡路玉田，著有《黄妳馀话》八卷。第四卷有一则题作《针史》的说：

荆州街子葛清，自项以下，遍体刺白居易诗，凡二十多处，人呼为"白舍人行诗图"，此事大奇。王阮亭《香祖笔记》云尔。按葛清事，见《酉阳杂俎》。《杂俎》所载剳青一类甚多，统谓之黥。又《清异录》云，自唐末无赖男子，以剳刺相高，或铺《辋川图》一本，咸砌白乐天罗隐二人诗百首，至有以平生所历郡县饮酒蒱博之事，所交妇人姓名年齿行第坊巷形貌之详，一一标表者，时人号为"针史"。然则如街子所为，亦殊不足齿数，阮亭独为之诧叹何耶？

陈玉田的笼统的结论，我是不敢同意的。我觉得刻诗刻画，和记妇人姓名等等一样，是表示被刺字画者对某一事件，或某几个事件狂爱的。这样的爱书狂者，他们的热情是更可感佩的。

五

宋牧仲《筠廊偶笔》又载：李玉衡国瑾，穷到没有钱买书，日取国学经史版，摩挲读之，手爪尽墨，久而淹贯，为世名儒。玉衡穷得很，住在庙中，日仅一食。冬夜没有火的时候，和两老仆共被敞裘而坐。像这样"取版摩挲读之"的读书人，真是难得。

六

宋代的钱思公，生长富贵，而只好读书。他读书的时间分配，是最有趣味的，据他自己说，是"坐则读经史，卧则读小说，上厕则阅小词"，他什么时候都不肯释卷。欧阳永叔所记如此。同记又说，"宋公垂同在史院，每走厕，必挟书以往，讽诵之声琅然，闻于远近"。至于永叔自己，则所作文章，都在"三上"，所谓"马上""枕上""厕上"也。

七

说到欧阳永叔，想到了苏东坡。几月前，读明李日华的《紫桃轩杂缀》，有一条关于东坡抄书的事。《杂缀》说，东坡曾自抄"两汉书"一部，当抄完的时候，自己高兴得了不得，自夸以为贫儿暴富。东坡对于书籍之高，是于此可以想见了。《杂缀》叙述以后，是发着感慨说：

今人买印成书，连屋充栋，竟亦不读，读亦不精。书日多而学问日疏，子弟日愚，可叹也。

买书是一件好事，但买而不读，徒供虫蛀，或留给子孙拍卖，这样的爱书狂者，是毫无意义的。

八

李日华的《紫桃轩杂缀》《紫桃轩又缀》，我所见到的有三种本子：一是明刻本，连《六研斋笔记》《画媵》《续画媵》等共十册，中缺《紫桃轩杂缀》一卷，书贾索二百元，当然无力购取；二是巾箱本的《檇李丛书》本；三是影印的蒋心余批注本，此本缺《紫桃轩又缀》卷三。就中，以蒋本为最有趣，批注完全如塾师改学生课卷，令人喷饭，又令人想见此老读书时的有趣的神情，以及他对明代作家的态度。这些批注，有的是很有道理，有的却未免苛求。摘录若干则于此，使读者想想这一个天真的爱书狂者之狂态：

此论可笑；何必琐琐；明人读书，不研究字划，但囫囵读之"折"字不通；无此句法；大约唐人类书如《初学记》《艺文类聚》等书，先生似未曾见过；此条断不可存，辱没煞名士矣；竟不读书；不唐不宋，无此诗法，知先生于此事，竟是门外汉；足下似未读《杂骚注》此等不知，抄之何为；此公诗学极浅，于杜尤格不相入；妄为之词；其实足下未曾望其项背；杜撰字可恨；不敢说程朱，未脱明人习气；

此是《考工记》之文，抄之何为？可见明人不读书；此又不知从何
书抄入，若知是《周礼》，不抄矣；不伦不类；明人著书，不通如此；
此由明代诸人之空疏；其书足下曾见否；先生家中，想不蓄类书；
可笑；穿凿可恨；"兵"之与"丘"绝然不同，何来此悠谬之谈？
此为明人不通字学之一证，此据《癸辛杂识》，宋人已不通矣。

九

不知什么时候，从谢肇淛的《文海披沙》里，抄下了一则《藏书》，
说爱书狂者的爱书，真是无微不至。此则余文是：

古人珍重书籍，家藏率皆精好。邺侯牙签三万，至新若手未触。
谢晔书，自校雠，列二十橱。沈鳞手写经书满数十筐。陆龟蒙得书
即录，所藏虽少，皆精可传，非徒夸多已也。然不数载，竟丧于子
弟兵燹之手，故杜进书尾跋云："清俸写来手自校，子孙读之知圣教，
鬻及借人为不孝。"陈亚诗云："满室图书杂典坟，华亭仙客岱云根。
当时若不和花卖，便是吾家好子孙。"二君之虑深矣。然不肖子孙，
荡产如风扫箨，即万语淳淳，安能禁使不鬻哉。但得鬻于赏鉴之家，
代我珍藏，尤胜于无赖子架上鼠吃雀污揩儿和泥也。赵文敏书尾，
跋云："聚书观书，亦匪易事。观书者净几焚香，澄心静虑，勿卷脑，

勿折角，勿以夹刺，勿以作枕，勿以爪侵字，勿以唾揭幅，随摸随修，随开随掩，后之得吾书者，并奉赠此法。"至哉此言，可谓无我之盛心，典籍之鲍叔矣。

此条虽不免有迂阔可笑之处，但古人爱书若狂，对书的顾虑深远，可谓用尽心机矣。

<h1 style="text-align:center">十</h1>

十年前，购得《施注杜诗》一部，有泾县查氏手校，藏书，子穆读过，查日华等章。归家翻阅，其间竟藏有梅曾亮名片，及梅曾亮亲笔小简各一，喜出望外。其小简云：

弟现在收拾书箱，颇有厌多之意。前八吊钱所买苏诗，吾兄若需者，即可奉让，亦不必原价。如已买得，祈示知也。此颂辰佳，不具。即候回示。子穆吾兄年大人。年弟梅曾亮顿。

当时曾将此简借给商务制版发表于《小说世界》十三卷。名片当然是中国旧式的，印木刻"梅曾亮"三字，朱红纸，上注数语，是送查子穆藕粉等用的。于此知我所购"苏诗"，实系梅曾亮藏本。名家卖书，在这小简内，可谓又得一意趣。

导读

　　阿英（1900—1977），安徽芜湖人。原名钱杏邨，中国现代著名的剧作家、文艺批评家。著有小说集《义冢》《一条鞭痕》，散文集《夜航集》，剧作《碧血花》《海国英雄》等。

　　"钱杏邨"和"阿英"都是作者写文章时常用的署名，但他写文艺批评时多用前者，写书话则用后者，二者给人的感觉不同，"钱杏邨"给人留下的是激进、激烈的印象，"阿英"则带着书卷气。《爱书狂者之话》署名阿英，写的是古人买书的趣话，正如阿英所说，"获得了不经见的珍秘书籍，有如占领了整个世界，这说法虽不免有些夸张，但欢快的心情，确实不是语言文字所能表达的"。正因为有这样的心情，作者对古代的"爱书狂者"才能有所理解。而我们如果不仅仅把"爱书狂者"的言行当故事看，而是先试着去理解他们，再以之反观自己对待书籍的态度，或许能有更大的收获。

读书的艺术①

林语堂 著

　　读书或书籍的享受素来被视为有修养的生活上的一种雅事，而在一些不大有机会享受这种权利的人们看来，这是一种值得尊重和妒忌的事。当我们把一个不读书者和一个读书者的生活上的差异比较一下，这一点便很容易明白。那个没有养成读书习惯的人，以时间和空间而言，是受着他眼前的世界所禁锢的。他的生活是机械化的，刻板的；他只跟几个朋友和相识者接触谈话，他只看见他周遭所发生的事情。他在这个监狱里是逃不出去的。可是当他拿起一本书的时候，他立刻走进一个不同的世界；如果那是一本好书，他便立刻接触到世界上一个最健谈的人。这个谈话者引导他前进，带他到一个不同的国度或不同的时代，或者对他发泄一些私人的悔恨，或者跟他讨论一些他从来不知道的学问或生活问题。一个古代的作家使读者随一个久远的死者交通；当他读下去的时候，他开始想象那个

---

①选自《林语堂文集》，作家出版社，1995年版。

古代的作家相貌如何，是哪一类的人。孟子和中国最伟大的历史学家司马迁都表现过同样的观念。一个人在十二小时之中，能够在一个不同的世界里生活两小时，完全忘怀眼前的现实环境；这当然是那些禁锢在他们的身体监狱里的人所妒羡的权利。这么一种环境的改变，由心理上的影响来说，是和旅行一样的。

不但如此。读者往往被书籍带进一个思想和反省的境界里。纵使那是一本关于现实事情的书，亲眼看见那些事情或亲历其境，和在书中读到那些事情，其间也有不同的地方，因为在书本里所叙述的事情往往变成一片景象，而读者也变成一个冷眼旁观的人。所以，最好的读物是那种能够带我们到这种沉思的心境里去的读物，而不是那种仅在报告事情的始末的读物。我认为人们花费大量的时间去阅读报纸，并不是读书，因为一般阅报者大抵只注意到事件发生或经过的情形的报告，完全没有沉思默想的价值。

据我看来，关于读书的目的，宋代的诗人和苏东坡的朋友黄山谷所说的话最妙。他说："三日不读，便觉语言无味，面目可憎。"他的意思当然是说，读书使人得到一种优雅的风味，这就是读书的整个目的，而只有抱着这种目的的读书才可以叫作艺术。一人读书的目的并不是要"改进心智"，因为当他开始想要改进心智的时候，一切读书的乐趣便丧失净尽了。他对自己说："我非读莎士比亚的作品不可，我非读索福客俪（Sophocles）的作品不可，我非读伊里奥特博士（Dr.

Eliot）的《哈佛世界杰作集》不可，使我能够成为有教育的人。"我敢说那个人永远不能成为有教育的人。他有一天晚上会强迫自己去读莎士比亚的《哈姆雷特》（*Hamlet*），读毕好像由一个噩梦中醒转来，除了可以说他已经读过《哈姆雷特》之外，并没有得到什么益处。一个人如果抱着义务的意识去读书，便不了解读书的艺术。这种具有义务目的的读书法，和一个参议员在演讲之前阅读文件和报告是相同的。这不是读书，而是寻求业务上的报告和消息。

所以，依黄山谷氏的说法，那种以修养个人外表的优雅和谈吐的风味为目的的读书，才是唯一值得嘉许的读书法。这种外表的优雅显然不是指身体上之美。黄氏所说的"面目可憎"，不是指身体上的丑陋。丑陋的脸孔有时也会有动人之美，而美丽的脸孔有时也会令人看来讨厌。我有一个中国朋友，头颅的形状像一颗炸弹，可是看到他使人欢喜。据我在图画上所看见的西洋作家，脸孔最漂亮的当推吉斯透顿。他的髭须，眼镜，又粗又厚的眉毛和两眉间的皱纹，合组而成一个恶魔似的容貌。我们只觉得那个头额中有许许多多的思念在转动着，随时会由那对古怪而锐利的眼睛迸发出来。那就是黄氏所谓美丽的脸孔，一个不是脂粉装扮起来的脸孔，而是纯然由思想的力量创造出来的脸孔。讲到谈吐的风味，那完全要看一个人读书的方法如何。一个人的谈吐有没有"味"，完全要看他的读书方法。如果读者获得书中的"味"，他便会在谈吐中把这种风味表现出来；如果他的谈吐中有风味，他在写作中也免不了会表现出风味来。

所以，我认为风味或嗜好是阅读一切书籍的关键。这种嗜好跟对食物的嗜好一样，必然是有选择性的，属于个人的。吃一个人所喜欢吃的东西终究是最合卫生的吃法，因为他知道吃这些东西在消化方面一定很顺利。读书跟吃东西一样，"在一人吃来是补品，在他人吃来是毒质"。教师不能以其所好强迫学生去读，父母也不能希望子女的嗜好和他们一样。如果读者对他所读的东西感受不到趣味，那么所有的时间全都浪费了。袁中郎曰："所不好之书，可让他人读之。"

所以，世间没有什么一个人必读之书。因为我们智能上的趣味像一棵树那样地生长着，或像河水那样地流着。只要有适当的树液，树便会生长起来，只要泉中有新鲜的泉水涌出来，水便会流着。当水流碰到一个花岗岩时，它便由岩石的旁边绕过去；当水流涌到一片低洼的溪谷时，它便在那边曲曲折折地流一会儿；当水流涌到一个深山的池塘时，它便恬然停驻在那边；当水流冲下急流时，它便赶快向前涌去。这么一来，虽则它没有费什么气力，也没有一定的目标，可是它终究有一天会到达大海。世上无人人必读的书，只有在某时某地，某种环境和生命中的某个时期必读的书。我认为读书和婚姻一样，是命运注定的或阴阳注定的。纵使某一本书，如《圣经》之类，是人人必读的，读这种书也有一定的时候。当一个人的思想和经验还没有达到阅读一本杰作的程度时，那本杰作只会留下不好的滋味。孔子曰："五十以学《易》。"便是说，四十五岁时候尚不可读《易经》。孔子在《论语》中的训言的冲淡温和的味道，以及他的成熟的智慧，非到读者自己成熟的时候是不能欣赏的。

且同一本书，同一读者，一时可读出一时之味道来。其景况适如看一名人相片，或读名人文章，未见面时，是一种味道，见了面交谈之后，再看其相片，或读其文章，自有另外一层深切的理会。或是与其人绝交以后，看其照片，读其文章，亦另有一番味道。四十学《易》是一种味道，到五十岁看过更多的人世变故的时候再去学《易》，又是一种味道。所以，一切好书重读起来都可以获得益处和新乐趣。我在大学的时代被迫去读《西行记》（Westward Ho!）和《亨利埃士蒙》（Henry Esmond），可是我在十余岁的时候虽能欣赏《西行记》的好处，《亨利埃士蒙》的真滋味却完全体会不到，后来渐渐回想起来，才疑心该书中的风味一定比我当时所能欣赏的还要丰富得多。

由是可知读书有两方面，一是作者，一是读者。对于所得的实益，读者由他自己的见识和经验所贡献的分量，是和作者自己一样多的。宋儒程伊川先生谈到孔子的《论语》时说："读《论语》，有读了全然无事者；有读了后，其中得一两句喜者；有读了后，知好之者；

有读了后，直有不知手之舞之足之蹈之者。"

我认为一个人发现他最爱好的作家，乃是他的知识发展上最重要的事情。世间确有一些人的心灵是类似的，一个人必须在古今的作家中，寻找一个心灵和他相似的作家。他只有这样才能够获得读书的真益处。一个人必须独立自主去寻出他的老师来。没有人知道谁是你最爱好的作家，也许甚至你自己也不知道。这跟一见倾心一样。人家不能叫读者去爱这个作家或那个作家，可是当读者找到了他所爱好的作家时，他自己就本能地知道了。关于这种发现作家的事情，我们可以提出一些著名的例证。有许多学者似乎生活于不同的时代里，相距多年，然而他们思想的方法和他们的情感那么相似，使人在一本书里读到他们的文字时，好像看见了肖像一样。以中国人的语法说来，我们说这些相似的心灵是同一条灵魂的化身，例如有人说苏东坡是庄子或陶渊明转世的[1]，袁中郎是苏东坡转世的。苏东坡说，当他第一次读庄子的文章时，他觉得他自从幼年时候起似乎就一直在想着同样的事情，抱着同样的观念。当袁中郎有一晚在一本小诗集里，发现一名叫徐文长的同代无名作家时，他由床上跳起，向他的朋友呼叫起来，他的朋友开始拿那本诗集来读，也叫起来，于是两人叫复读，读复叫，弄得他们的仆人疑惑不解。伊里奥特[2]（George Eliot）说她第一次读到卢骚[3]的作品时，好像受了电流

①苏东坡曾步陶渊明诗集的韵，写出整篇的诗来。在这些《和陶诗》后，他说他自己是陶渊明转世的，这个作家是他一生最崇拜的人物。
②伊里奥特：又译作"艾略特"，英国女小说家。代表作为长篇小说《米德尔马契》《亚当·比德》。
③卢骚：一般译作"卢梭"，法国思想家、文学家。作品有《忏悔录》《爱弥儿》。

的震击一样。尼采（Nietzsche）对于叔本华①（Schopenhauer）也有同样的感觉，可是叔本华是一个乖张易怒的老师，而尼采是一个脾气暴躁的弟子，所以这个弟子后来反叛老师，是很自然的事情。

只有这种读书方法，只有这种发见自己所爱好的作家的读书方法，才有益处可言。像一个男子和他的情人一见倾心一样，什么都没有问题了。她的高度，她的脸孔，她的头发的颜色，她的声调和她的言笑，都是恰到好处的。一个青年认识这个作家，是不必经他的教师的指导的。这个作家是恰合他的心意的；他的风格，他的趣味，他的观念，他的思想方法，都是恰到好处的。于是读者开始把这个作家所写的东西全都拿来读了，因为他们之间有一种心灵上的联系，所以他把什么东西都吸收进去，毫不费力地消化了。这个作家自会有魔力吸引他，而他也乐自为所吸；过了相当的时候，他自己的声音相貌，一颦一笑，便渐与那个作家相似。这么一来，他真的浸润在他的文学情人的怀抱中，而由这些书籍中获得他的灵魂的食粮。过了几年之后，这种魔力消失了，他对这个情人感到有点厌倦，开始寻找一些新的文学情人；到他已经有过三四个情人，而把他们吃掉之后，他自己也成为一个作家了。有许多读者永不曾堕入情网，正如许多青年男女只会卖弄风情，而不能钟情于一个人。随便哪个作家的作品，他们都可以读，一切作家的作品，他们都可以读，他们是不会有什么成就的。

---

①叔本华：德国哲学家，生命哲学的先驱者。著有哲学著作《作为意志和表象的世界》。

　　这么一种读书艺术的观念，把那种视读书为责任或义务的见解完全打破了。在中国，常常有人鼓励学生"苦学"。有一个实行苦学的著名学者，有一次在夜间读书的时候打盹，便拿锥子在股上一刺。又有一个学者在夜间读书的时候，叫一个丫头站在他的旁边，看见他打盹便唤醒他。这真是荒谬的事情。如果一个人把书本排在面前，而在古代智慧的作家向他说话的时候打盹，那么，他应该干脆地上床去睡觉。把大针刺进小腿或叫丫头推醒他，对他都没有一点好处。这么一种人已经失掉一切读书的趣味了。有价值的学者不知道什么叫作"磨炼"，也不知道什么叫作"苦学"。他们只是爱好书籍，情不自禁地一直读下去。

　　这个问题解决之后，读书的时间和地点的问题也可以找到答案。读书没有合宜的时间和地点。一个人有读书的心境时，随便什么地方都可以读书。如果他知道读书的乐趣，他无论在学校内或学校外，都会读书，无论世界有没有学校，也都会读书。他甚至在最优秀的学校里也可以读书。曾国藩在一封家书中，谈到他的四弟拟入京读较好的学校时说："苟能发奋自立，则家塾可读书，即旷野之地，热闹之场，亦可读书，负薪牧豕，皆可读书。苟不能发奋自立，则家塾不宜读书，即清净之乡，神仙之境，皆不能读书。"有些人在要读书的时候，在书台前装腔作势，埋怨说他们读不下去，因为房间太冷，板凳太硬，或光线太强。也有些作家埋怨说他们写不出东西来，因为蚊子太多，稿纸发光，或马路上的声响太嘈杂。宋代大学者欧阳修说他的好文章都在"三上"得之，即枕上，马上，厕上。在另一方面，一个人不好读书，那么，一年四季都有不读书的正当理由：

> 春天不是读书天，夏日炎炎最好眠，
>
> 等到秋来冬又至，不如等待到来年。

那么，什么是读书的真艺术呢？简单的回答就是有那种心情的时候便拿起来读。一个人读书必须出其自然，才能够彻底享受读书的乐趣。他可以拿一本《离骚》或奥玛开俨（Omar Khayyam，波斯诗人）的作品，牵着他的爱人的手到河边去读。如果天上有可爱的白云，那么，让他们读白云而忘掉书本吧，或同时读书本和白云吧。在休憩的时候，吸一筒烟或喝一杯好茶则更妙不过。或许在一个雪夜，坐在炉前，炉上的水壶铿铿作响，身边放一盒淡巴菰，一个人拿了十数本哲学、经济学、诗歌、传记的书，堆在长椅上，然后闲逸地拿起几本来翻一翻，找到一本爱读的书时，便轻轻点起烟来吸着。金圣叹认为雪夜闭户读禁书，是人生最大的乐趣。陈继儒（眉公）描写读书的情调，最为美妙："古人称书画为丛笈笈软卷，故读书开卷以闲适为尚。"在这种心境中，一个人对什么东西都能够容忍了。

此位作家又曰："真学士不以鲁鱼亥豕为意，好旅客登山不以路恶难行为意，看雪景者不以桥不固为意，卜居乡间者不以俗人为意，爱看花者不以酒劣为意。"

关于读书的乐趣，我在中国最伟大的女词人李清照（易安）的自传里，找到一段最佳的描写。她的丈夫在太学作学生，每月领到生活费的时候，他们夫妻总立刻跑到相国寺去买碑文水果，回来夫妻相对展玩咀嚼，一面剥水果，一面赏碑帖，或者一面品佳茗，一面校勘各种不同的版本。她在《金石录后序》这篇自传小记里写道：

余性偶强记，每饭罢，坐归来堂烹茶，指堆积书史，言某事在某书某卷第几页第几行，以中否角胜负，为饮茶先后。中即举杯大笑，至茶倾覆怀中，反不得饮而起。甘心老是乡矣！故虽处忧患困穷而志不屈。……于是几案罗列，枕席枕藉，意会心谋，目往神授，乐在声、色、狗、马之上。……

这篇小记是她晚年丈夫已死的时候写的。当时她是个孤独的女人，因金兵侵入华北，只好避乱南方，到处漂泊。

导读

　　林语堂（1895—1976），福建龙溪人，现代散文家、小说家。曾编辑《论语》《人间世》等刊物，著有《京华烟云》《剪拂集》《大荒集》等，提倡"幽默闲适"的文学风格。

　　这篇文章谈的是"读书的艺术"，作者谈到了与读书有关的各个方面：读书的益处，读书的目的，读书的方法，读书的时间、地点等。其中最值得注意的是读书的方法，这是作者着力之所在，对我们也最为有益。在这里，作者指出，"风味或嗜好是阅读一切书籍的关键"，"一个人发现他最爱好的作家，乃是他的知识发展上最重要的事情"。这是作者的经验之谈，很值得我们借鉴，我们可以从一个"最爱好的作家"逐渐扩展开去，进而了解与他相关的事情；而不断寻找"最爱好的作家"，则是自己不断成熟、不断扩展知识视野的过程，伴随着求知的快乐，自然而然地就一直将书读下去。

　　作者视野开阔，娓娓道来，文章既有趣味，又能给人不少教益，值得反复诵读。

故乡的野菜①

周作人 著

　　我的故乡不止一个，凡我住过的地方都是故乡。故乡对于我并没有什么特别的情分，只因钓于斯游于斯的关系，朝夕会面，遂成相识，正如乡村里的邻舍一样，虽然不是亲属，别后有时也要想念到他。我在浙东住过十几年，南京东京都住过六年，这都是我的故乡；现在住在北京，于是北京就成了我的家乡了。

　　日前我的妻往西单市场买菜回来，说起有荠菜在那里卖着，我便想起浙东的事来。荠菜是浙东人春天常吃的野菜，乡间不必说，就是城里只要有后园的人家都可以随时采食，妇女小儿各拿一把剪刀一只"苗篮"，蹲在地上搜寻，是一种有趣味的游戏的工作。那时小孩们唱道："荠菜马兰头，姊姊嫁在后门头。"后来马兰头有乡人拿来进城售卖了，但荠菜还是一种野菜，须得自家去采。关于荠菜向来颇有风雅的传说，不过这似乎以吴地为主。《西湖游览志》

---

①选自《雨天的书》，人民文学出版社，2000版。

云："三月三日男女皆戴荠菜花。谚云，三春戴荠花，桃李羞繁华。"
顾禄的《清嘉录》上亦说："荠菜花俗呼野菜花，因谚有三月三蚂
蚁上灶山之语，三日人家皆以野菜花置灶陉上，以厌虫蚁。侵晨村
童叫卖不绝。或妇女簪髻上以祈清目，俗号眼亮花。"但浙东不很
理会这些事情，只是挑来做菜或炒年糕吃罢了。

黄花麦果通称鼠曲草，系菊科植物，叶小微圆互生，表面有白毛，
花黄色，簇生梢头。春天采嫩叶，捣烂去汁，和粉作糕，称黄花麦果糕。
小孩们有歌赞美之云：

黄花麦果韧结结，

关得大门自要吃：

半块拿弗出，一块自要吃。

清明前后扫墓时，有些人家——大约是保存古风的人家——用
黄花麦果作供，但不做饼状，做成小颗如指顶大，或细条如小指，
以五六个作一攒，名曰茧果，不知是什么意思，或因蚕上山时设祭，
也用这种食品，故有是称，亦未可知。自从十二三岁时外出不参与
外祖家扫墓以后，不复见过茧果，近来住在北京，也不再见黄花麦
果的影子了。日本称作"御形"，与荠菜同为春的七草之一，也采
来做点心用，状如艾饺，名曰"草饼"，春分前后多食之，在北京

也有，但是吃去总是日本风味，不复是儿时的黄花麦果糕了。

　　扫墓时候所常吃的还有一种野菜，俗名草紫，通称紫云英。农人在收获后，播种田内，用作肥料，是一种很被贱视的植物，但采取嫩茎瀹食，味颇鲜美，似豌豆苗。花紫红色，数十亩接连不断，一片锦绣，如铺着华美的地毯，非常好看，而且花朵状若蝴蝶，又如鸡雏，尤为小孩所喜。间有白色的花。相传可以治痢，很是珍重，但不易得。日本《俳句大辞典》云："此草与蒲公英同是习见的东西，从幼年时代便已熟识。在女人里边，不曾采过紫云英的人，恐未必有罢。"中国古来没有花环，但紫云英的花球是小孩常玩的东西，这一层我还是替那些小人们欣幸的。浙东扫墓用鼓吹，所以少年常随了乐音去看"上坟船里的姣姣"；没有钱的人家虽没有鼓吹，但是船头上篷窗下总露出些紫云英和杜鹃的花束，这也就是上坟船的确实的证据了。

导读

　　周作人（1885—1967），浙江绍兴人，鲁迅（周树人）的弟弟。中国现代著名散文家、文学理论家、评论家、诗人、翻译家、思想家，中国民俗学开拓人，新文化运动的杰出代表。著有《知堂回想录》《谈龙集》《谈虎集》等，所作散文风格平和冲淡，清隽幽雅。

　　在《故乡的野菜》一文中，作者首先谈论自己对"故乡"的理解，与惯常的不同，作者认为凡是住过的地方都是故乡，与苏轼所说的"此心安处是吾乡"颇有异曲同工之处。然后通过提起妻子在市场上看到有荠菜在卖，回忆儿时浙东故乡的荠菜，进而引用文献资料中对荠菜的记载，介绍民间食用荠菜的习俗，充满诗情画意。

　　一花一世界，一叶一菩提，周作人擅长在微小的事物中挖掘出丰富的内涵。本文文字风格清新温润，娓娓道来，弥漫着深厚的文化底蕴。故乡的野菜不仅仅是简单的食物，它意味着民风民俗，意味着地域文化，也意味着挥不去的乡愁。

巨人脚下的追怀

伟人与天才是人类的骄傲,我们应该崇敬他们,应该向他们学习。出自杰出人物之手的怀念文章,是我们理解他们的重要途径与桥梁。本单元所选文章,或写出了他们对伟人的深刻理解,或写出了他们对伟人与时代、社会的认识,让我们可以看到伟人独特的风采与魅力。只有站在巨人肩上,我们才能看得更远。

独一无二的艺术家莫扎特①

傅雷 著

在整部艺术史上，不仅仅在音乐史上，莫扎特是独一无二的人物。

他的早慧是独一无二的。

四岁学钢琴，不久就开始作曲；就是说他写音乐比写字还早。五岁那年，一天下午，父亲雷沃博带了一个小提琴家和一个吹小号的朋友回来，预备练习六支三重奏。孩子挟着他儿童用的小提琴要求加入。父亲呵斥道："学都没学过，怎么来胡闹！"孩子哭了。吹小号的朋友过意不去，替他求情，说让他在自己身边拉吧，好在他音响不大，听不见的。父亲还咕噜着说："要是听见你的琴声，就得赶出去。"孩子坐下来拉了，吹小号的乐师慢慢地停止了吹奏，流着惊讶和赞叹的眼泪，孩子把六支三重奏从头至尾都很完整地拉完了。

---

①选自《傅雷文集》，安徽文艺出版社，1998 年版。

八岁，他写了第一支交响乐；十岁写了第一出歌剧。十四至十六岁之间，在歌剧的发源地意大利（别忘了他是奥地利人），写了三出意大利歌剧在米兰上演，按照当时的习惯，由他指挥乐队。十岁以前，他在日耳曼十几个小邦的首府和维也纳、巴黎、伦敦各大都市做巡回演出，轰动全欧。有些听众还以为他神妙的演奏有魔术帮忙，要他脱下手上的戒指。

正如他没有学过小提琴而能参加三重奏一样，他写意大利歌剧也差不多是无师自通的。童年时代常在中欧、西欧各地旅行，孩子的观摩与听的机会多于正规学习的机会，所以莫扎特的领悟与感受的能力，吸收与消化的迅速，是近乎不可思议的。我们古人有句话说："小时了了，大未必佳。"欧洲人也认为早慧的儿童长大了很少有真正伟大的成就。的确，古今中外，有的是神童，但神童而卓然成家的并不多，而像莫扎特这样出类拔萃、这样早熟的天才而终于成为不朽的大师，为艺术界放出万丈光芒的，至此为止还没有第二个例子。

他的创作数量的巨大，品种的繁多，质地的卓越，是独一无二的。

巴赫、亨德尔、海顿，都是多产的作家，但亨德尔与海顿都活到七十以上的高年，巴赫也有六十五岁的寿命，莫扎特却在三十五年的生涯中完成了大小六百二十二件作品，还有一百三十二件未完成的遗作，总数是七百五十四件。举其大者而言，歌剧有二十二出，单独的歌曲、咏叹调与合唱曲六十七支，交响乐四十九支，钢琴协奏曲二十九支，小提琴协奏曲十三支，其他乐器的协奏曲十二支，钢琴奏鸣曲及幻想曲二十二支，小提琴奏鸣曲及变奏曲四十五支，大风琴曲十七支，三重奏四重奏五重奏四十七支。没有一种体裁没有他登峰造极的作品，没有一种乐器没有他的经典文献，在一百七十年后的今天，它们还像灿烂的明星一般照耀着乐坛。在音乐方面这样全能，乐剧与其他器乐的制作都有这样高的成就，毫无疑问是绝无仅有的。莫扎特的音乐灵感简直是一个取之不竭、用之不尽的水源，随时随地都有甘泉飞涌，飞涌的方式又那么自然，安详，轻快，妩媚。没有一个作曲家的音乐比莫扎特的更近于"天籁"了。

融和拉丁精神与日耳曼精神，吸收最优秀的外国传统而加以丰富与提高，为民族艺术形式开创新路而树立几座光辉的纪念碑，在这些方面，莫扎特又是独一无二的。

文艺复兴以后的两个世纪中，欧洲除了格鲁克为法国歌剧辟出一个途径以外，只有意大利歌剧是正宗的歌剧。莫扎特却做了双重的贡献：他既凭着客观的精神，细腻的写实手腕，刻画性格的高度技巧，创造了《费加罗的婚礼》与《唐璜》，使意大利歌剧达到空前绝后的高峰；又以《后宫诱逃》与《魔笛》两件杰作为德国歌剧奠定了基础，预告了贝多芬的《菲德里》、韦伯的《自由射手》和瓦格纳的《歌唱大师》。

他在一七八三年的书信中说："我更倾向于德国歌剧：虽然写德国歌剧需要我费更多气力，我还是更喜欢它。每个民族有它的歌剧，为什么我们德国人就没有呢？难道德文不像法文英文那么容易唱吗？"一七八五年他又写到："我们德国人应当有德国式的思想，德国式的说话，德国式的演奏，德国式的歌唱。"所谓德国式的歌唱，特别是在音乐方面的德国式的思想，究竟是指什么呢？据法国音乐学者加米叶·裴拉格的解释："在《后宫诱逃》中，男主角倍尔蒙唱的某些咏叹调，就是第一次充分运用了德国人谈情说爱的语言。同一歌剧中奥斯门的唱词，轻快的节奏与小调的混合运用，富于幻梦情调而甚至还带点凄凉的柔情，和笑盈盈的天真的诙谐的交错，不是纯粹德国式的音乐思想吗？"

和意大利人的思想相比，德国人的思想也许没有那么多光彩，可是更有深度，还有一些更亲切更通俗的意味。在纯粹音响的领域内，德国式的旋律不及意大利的流畅，但更复杂更丰富，更需要和声（以歌唱而言是乐队）的衬托。以乐思本身而论，德国艺术不求意大利艺术的整齐的美，而是逐渐以思想的自由发展，代替形式的对称与周期性的重复。这些特征在莫扎特的《魔笛》中都已经有端倪可寻。

交响乐在音乐艺术里是典型的日耳曼品种。虽然一般人称海顿为交响乐之父，但海顿晚年的作品深受莫扎特的影响：而莫扎特的降 E 大调、G 小调、C 大调（丘比特）交响乐，至今还比海顿的那组《伦敦交响乐》更接近我们。而在交响乐中，莫扎特也同样完满地熔拉丁精神（明朗、轻快、典雅）与日耳曼精神（复杂、谨严、深思、幻想）于一炉。正因为民族精神的觉醒和对于世界性艺术的领会，在莫扎特心中同时并存，互相攻错，互相丰富，他才成为音乐史上承前启后的巨匠。以现代辞藻来说，在音乐领域之内，莫扎特早就结合了国际主义与爱国主义，虽是不自觉的结合，但确是最和谐最美妙的结合。当然，在这一点上，尤其在追求清明恬静的境界上，我们没有忘记伟大的歌德。但歌德是经过了六十年的苦思冥索（以《浮士德》的著作年代计算），经过了狂飙运动和骚动的青年时期而后获得的；莫扎特却是自然而然的，不需要做任何主观的努力，就达到了拉斐尔的境界，以及古希腊的雕塑家裴狄阿斯的境界。

莫扎特之所以成为独一无二的人物，还由于这种清明高远、乐天愉快的心情，是在残酷的命运不断摧残之下保留下来的。

大家都熟知贝多芬的悲剧而寄予极大的同情；关心莫扎特的苦难的，便是音乐界中也为数不多。因为贝多芬的音乐几乎每页都是与命运肉搏的历史，他的英勇与顽强对每个人都是直接的鼓励；莫扎特却是不声不响地忍受鞭挞，只凭着坚定的信仰，像殉道的使徒一般唱着温馨甘美的乐句安慰自己，安慰别人。虽然他的书信中常有怨叹，也不比普通人对生活的怨叹有什么更尖锐更沉痛的口吻。可是他的一生，除了童年时期饱受宠爱，像个美丽的花炮以外，比贝多芬多的只是更艰苦。《费加罗的婚礼》与《唐璜》在布拉格所博得的荣名，并没给他任何物质的保障。两次受雇于萨尔茨堡的两任大主教，结果受了一顿辱骂，被人连推带踢地逐出宫廷。从二十五到三十一岁，六年中间没有固定的收入。他热爱维也纳，维也纳只报以冷淡、轻视、嫉妒；音乐界还用种种卑鄙的手段打击他几出最优秀的歌剧的演出。一七八七年，奥皇约瑟夫终于任命他为宫廷作曲家，年俸还不够他付房租和仆役的工资。

为了婚姻，他和最敬爱的父亲几乎决裂，至死都没有完全恢复感情。而婚后的生活又是无穷无尽的烦恼：九年之中搬了十二次家；生了六个孩子，夭殇了四个。公斯当斯·韦柏产前产后老是闹病，需要名贵的药品，需要到巴登温泉去疗养。分娩以前要准备迎接婴儿，接着又往往要准备埋葬。当铺是莫扎特常去的地方，放高利贷的债主成为他唯一的救星。

在这样悲惨的生活中，莫扎特还是终身不断地创作。贫穷、疾病、妒忌、倾轧，日常生活中一切琐琐碎碎的困扰都不能使他消沉，乐天的心情一丝一毫都没受到损害。所以他的作品从来不透露他的痛苦的消息，非但没有愤怒与反抗的呼号，连挣扎的气息都找不到。后世的人单听他音乐，万万想象不出他的遭遇而只能认识他的心灵——多么明智、多么高贵、多么纯洁的心灵！音乐史家都说莫扎特的作品所反映的不是他的生活，而是他的灵魂。是的，他从来不把艺术作为反抗的工具，作为受难的证人，而只借来表现他的忍耐与天使般的温柔。他自己得不到抚慰，却永远在抚慰别人。但最可欣幸的是他在现实生活中得不到的幸福，他能在精神上创造出来，甚至可以说他先天就获得了这幸福，所以他反复不已地将其传达给我们。精神的健康，理智与感情的平衡，不是幸福的先决条件吗？不是每个时代的人都渴望的吗？以不断的创造征服不断的苦难，以永远乐观的心情应付残酷的现实，不就是以光明消灭黑暗的具体实践吗？有了视患难如无物，超临于一切考验之上的积极的人生观，就有希望把艺术中美好的天地变为美好的现实。假如贝多芬给我们的是战斗的勇气，那么莫扎特给我们的是无限的信心。在他清明宁静的艺术和侘傺一世的生涯对比之下，我们更确信只有热爱生命才能克服忧患。莫扎特几次说过："人生多美啊！"这句话就是了解他艺术的钥匙，也是他所以这样伟大的主要因素。

虽然根据史实，莫扎特在言行与作品中并没表现出法国大革命以前的民主精神（他的反抗萨尔茨堡大主教只能证明他艺术家的傲骨），也谈不到人类大团结的理想，像贝多芬的合唱交响乐所表现的那样。但一切大艺术家都受时代的限制，同时也有不受时代限制的普遍性——人间性。莫扎特以他朴素天真的语调和温婉蕴藉的风格，所歌颂的和平、友爱、幸福的境界，正是全人类自始至终向往的最高目标，尤其是生在今日的我们所热烈争取、努力奋斗的目标。

因此，我们纪念莫扎特二百周年诞辰的意义绝不止一个：不但他的绝世的才华与崇高的成就使我们景仰不止，他对德国歌剧的贡献也值得我们创造民族音乐的人揣摩学习，他的朴实而又典雅的艺术值得我们深深地体会；而且他的永远乐观、始终积极的精神，对我们是个极大的鼓励；而他追求人类最高理想的人间性，更使我们和以后无数代的人们把他当作一个忠实的、亲爱的、永远给人安慰的朋友。

一九五六年七月十八日

导读

　　傅雷（1908—1966），我国著名文学翻译家、文艺评论家。翻译作品共三十四部，主要有《约翰·克里斯朵夫》《贝多芬传》《米开朗基罗传》《托尔斯泰传》《艺术哲学》《高老头》《欧也妮·葛朗台》《邦斯舅舅》等。

　　这是一篇介绍莫扎特的文章，傅雷不仅写出了莫扎特的身世、音乐创作，而且写出了他的精神，让我们看到了一个音乐天才的内心世界。在文章中，傅雷反复强调莫扎特的"独一无二"：他的早慧是"独一无二"的，从早慧的天才成长为不朽的大师也是"独一无二"的，他创作数量的巨大、品种的繁多、质地的卓越是"独一无二"的，在融合外国优秀传统并将其加以丰富提高，为民族艺术形式开创新路上也是"独一无二"的。对"独一无二"的强调并非仅仅为了点题，而是似乎只有这个词才能概括与描绘出莫扎特的天才，傅雷也正是以之来结构全篇的。在文章的最后，傅雷还尤其强调：莫扎特清明高远、乐天愉快的音乐境界，是在残酷命运不断摧残下完成的，"他自己得不到抚慰，却永远在抚慰别人"，这是一种何等高尚的精神境界！傅雷对这一点的着意发掘，或许不仅仅针对莫扎特，也与他自身的际遇与理想有着密切的关系。

回忆鲁迅先生（节选）①

萧红 著

鲁迅先生的笑声是明朗的，是从心里的欢喜。若有人说了什么可笑的话，鲁迅先生笑得连烟卷都拿不住了，常常是笑得咳嗽起来。

鲁迅先生走路很轻捷，尤其使人记得清楚的，是他刚抓起帽子来往头上一扣，同时左腿就伸出去了，仿佛不顾一切地走去。

鲁迅先生不大注意人的衣裳，他说："谁穿什么衣裳我看不见的……"

鲁迅先生生病，刚好了一点，他坐在躺椅上，抽着烟，那天我穿着新奇的大红的上衣，很宽的袖子。

鲁迅先生说："这天气闷热起来，这就是梅雨天。"他把他装在象牙烟嘴上的香烟，又用手装得紧一点，往下又说了别的。

许先生忙着家务，跑来跑去，也没有对我的衣裳加以鉴赏。

于是我说："周先生，我的衣裳漂亮不漂亮？"

---

①选自《萧红文集》，安徽文艺出版社，1997年版。

　　鲁迅先生从上往下看了一眼："不大漂亮。"

　　过了一会儿又接着说："你的裙子配的颜色不对，并不是红上衣不好看，各种颜色都是好看的，红上衣要配红裙子，不然就是黑裙子，咖啡色的就不行了，这两种颜色放在一起很浑浊……你没看到在街上走的外国人吗？绝没有下边穿一件绿裙子，上边穿一件紫上衣，也没有穿一件红裙子而后穿一件白上衣的……"

　　鲁迅先生就在躺椅上看着我："你这裙子是咖啡色的，还带格子，颜色浑浊得很，所以把红色衣裳也弄得不漂亮了。"

　　"……人瘦不要穿黑衣裳，人胖不要穿白衣裳；脚长的女人一定要穿黑鞋子，脚短就一定要穿白鞋子；方格子的衣裳胖人不能穿，但比横格子的还好；横格子的胖人穿上，就把胖子更往两边裂着，更横宽了，胖子要穿竖条子的，竖的把人显得长，横的把人显得宽……"

　　那天鲁迅先生很有兴致，把我一双短筒靴子也略略批评了一下，说我的短靴是军人穿的，因为靴子的前后都有一条线织的拉手，这拉手据鲁迅先生说是放在裤子下边的……

　　我说："周先生，为什么那靴子我穿了多久了而不告诉我，怎么现在才想起来呢？现在我不是不穿了吗？我穿的这不是另外的鞋吗？"

　　"你不穿我才说的，你穿的时候，我一说你该不穿了。"

　　那天下午要赴一个宴会去，我要许先生给我找一点布条或绸条束一束头发。许先生拿来了米色的、绿色的，还有桃红色的，我和许先生共同选定的是米色的。为着取美，把那桃红色的，许先生举起来放在我的头发上，并且许先生很开心地说着：

　　"好看吧！多漂亮！"

　　我也非常得意，很规矩又顽皮地在等着鲁迅先生往这边看我们。

　　鲁迅先生这一看，脸是严肃的，他的眼皮往下一放向着我们这边看着：

　　"不要那样装饰她……"

　　许先生有点窘了。

　　我也安静下来。

　　鲁迅先生在北平教书时，从不发脾气，但常常好用这种眼光看人。许先生常跟我讲，她在女师大读书时，周先生在课堂上，一生气就用眼睛往下一掠，看着他们，这种眼光鲁迅先生在记范爱农先生的文字中曾自己述说过，而谁曾接触过这种眼光的人就会感到一个时代的全智者的催逼。

　　我开始问："周先生怎么也晓得女人穿衣裳的这些事情呢？"

　　"看过书的，关于美学的。"

　　"什么时候看的……"

　　"大概是在日本读书的时候……"

"买的书吗？"

"不一定是买的，也许是从什么地方抓到就看的……"

"看了有趣味吗？"

"随便看看……"

"周先生看这书做什么？"

"……"没有回答，好像很难以答。

许先生在旁说："周先生什么书都看的。"

在鲁迅先生家里做客人，刚开始是从法租界来到虹口，搭电车也要差不多一个钟头的工夫，所以那时候来的次数比较少。记得有一次谈到半夜了，一过十二点电车就没有了，但那天不知讲了些什么，讲到一个段落就看看旁边小长桌上的圆钟，十一点半了，十一点四十五分了，电车没有了。

"反正已十二点，电车也没有，那么再坐一会儿。"许先生如此劝着。

鲁迅先生好像听了所讲的什么引起了幻想，安顿地举着象牙烟嘴在沉思着。

一点钟以后，送我（还有别的朋友）出来的是许先生，外边下着霏霏的小雨，弄堂里灯光全然灭掉了，鲁迅先生嘱咐许先生一定让坐小汽车回去，并且嘱咐一定许先生付钱。

以后也住到北四川路来，就每夜饭后必到大陆新村来了，刮风的天，下雨的天，几乎没有间断的时候。

鲁迅先生很喜欢北方饭，还喜欢吃油炸的东西，喜欢吃硬的东西，就是后来生病的时候，也不大吃牛奶。鸡汤端到旁边用调羹舀了一二下就算了事。

有一天约好我去包饺子吃，那还是住在法租界，所以带了外国酸菜和用绞肉机绞成的牛肉，就和许先生站在客厅后边的方桌边包起来。海婴公子围着闹得起劲，一会儿把按成圆饼的面拿去了，他说做了一只船来，送在我们的眼前，我们不看它，转身他又做了一只小鸡。许先生和我都不去看他，对他竭力避免加以赞美，若一赞美起来，怕他更做得起劲。

客厅后边没到黄昏就先黑了，背上感到些微微的寒凉，知道衣裳不够了，但为着忙，没有加衣裳去。等把饺子包完了看看那数目并不多，这才知道和许先生谈话谈得太多，误了工作。许先生怎样离开家的，怎样到天津读书的，在女师大读书时怎样做了家庭教师。她去考家庭教师的那一段描写，非常有趣，只取一名，可是考了好几十名，她之能够当选算是难得了。指望对于学费有点补助，冬天来了，北平又冷，那家离学校又远，每月除了车子钱之外，若伤风感冒还得自己拿出买阿司匹林的钱来，每月薪金十元要从西城跑到东城……

饺子煮好，一上楼梯，就听到楼上明朗的鲁迅先生的笑声冲下楼梯来，原来有几个朋友在楼上也正谈得热闹。那一天吃得是很好的。

以后我们又做过韭菜合子，又做过荷叶饼，我一提议鲁迅先生必然赞成，而我做得又不好，可是鲁迅先生还是在桌上举着筷子问许先生："我再吃几个吗？"

因为鲁迅先生胃不大好，每饭后必吃"脾自美"药丸一二粒。

有一天下午鲁迅先生正在校对着瞿秋白的《海上述林》，我一走进卧室去，从那圆转椅上鲁迅先生转过来了，向着我，还微微站起了一点。

"好久不见，好久不见。"他一边说着一边向我点头。

刚刚我不是来过了吗？怎么会好久不见？就是上午我来的那次周先生忘记了，可是我也每天来呀……怎么都忘记了吗？

周先生转身坐在躺椅上才自己笑起来，他是在开着玩笑。

梅雨季，很少有晴天，一天的上午刚一放晴，我高兴极了，就到鲁迅先生家去了，跑得上楼还喘着。鲁迅先生说："来啦！"我说："来啦！"

我喘着连茶也喝不下。

鲁迅先生就问我：

"有什么事吗？"

我说："天晴啦，太阳出来啦。"

许先生和鲁迅先生都笑着，一种对于冲破忧郁心境的展然的会心的笑。

海婴一看到我就非拉我到院子里和他一道玩不可，拉我的头发或拉我的衣裳。

为什么他不拉别人呢？据周先生说："他看你梳着辫子，和他差不多，别人在他眼里都是大人，就看你小。"

许先生问着海婴："你为什么喜欢她呢？不喜欢别人？"

"她有小辫子。"说着就来拉我的头发。

鲁迅先生家生客人很少，几乎没有，尤其是住在他家里的人更没有。一个礼拜六的晚上，在二楼上鲁迅先生的卧室里摆好了晚饭，围着桌子坐满了人。每逢礼拜六晚上都是这样的，周建人先生带着全家来拜访。在桌子边坐着一个很瘦的很高的穿着中国小背心的人，鲁迅先生介绍说："这是位同乡，是商人。"

初看似乎对的，穿着中国裤子，头发剃得很短。当吃饭时，他还让别人酒，也给我倒一盅，态度很活泼，不大像个商人；等吃完了饭，又谈到《伪自由书》及《二心集》。这个商人，开明得很，在中国不常见。没有见过的，就总不大放心。

下一次是在楼下客厅后的方桌上吃晚饭，那天很晴，一阵阵地刮着热风，虽然黄昏了，客厅后还不昏黑。鲁迅先生是新剪的头发，还能记得桌上有一盘黄花鱼，大概是顺着鲁迅先生的口味，是用油煎的。鲁迅先生前面摆着一碗酒，酒碗是扁扁的，好像用做吃饭的饭碗。那位商人先生也能喝酒，酒瓶就站在他的旁边。他说蒙古人什么样，苗人什么样，从西藏经过时，那西藏女人见了男人追她，她就如何如何。

这商人可真怪，怎么专门走地方，而不做买卖？并且鲁迅先生的书他也全读过，一开口这个，一开口那个。并且海婴叫他×先生，我一听那×字就明白他是谁了。×先生常常回来得很迟，从鲁迅先生家里出来，在弄堂里遇到了几次。

有一天晚上×先生从三楼下来，手里提着小箱子，身上穿着长袍子，站在鲁迅先生的面前，他说他要搬了。他告了辞，许先生送他下楼去了。这时候周先生在地板上绕了两个圈子，问我说：

"你看他到底是商人吗？"

"是的。"我说。

鲁迅先生很有意思地在地板上走几步，而后向我说："他是贩卖私货的商人，是贩卖精神上的……"

×先生走过二万五千里回来的。

青年人写信，写得太草率，鲁迅先生是深恶痛绝之的。

"字不一定要写得好，但必须得使人一看了就认识，青年人现在都太忙了……他自己赶快胡乱写完了事，别人看了三遍五遍看不明白，这费了多少工夫，他不管。反正这费了工夫不是他的。这存心是不太好的。"

但他还是展读着每封由不同角落里投来的青年的信，眼睛不济时，便戴起眼镜来看，常常看到夜里很深的时光。

鲁迅先生坐在××电影院楼上的第一排，那片名忘记了，新闻片是苏联纪念"五一"节的红场。

"这个我怕看不到的……你们将来可以看得到。"鲁迅先生向我们周围的人说。

珂勒惠支的画，鲁迅先生最佩服，同时也很佩服她的做人。珂勒惠支受希特勒的压迫，不准她做教授，不准她画画，鲁迅先生常讲到她。

史沫特莱，鲁迅先生也讲到，她是美国女子，帮助印度独立运动，现在又在援助中国。

鲁迅先生介绍人去看的电影：《夏伯阳》《复仇艳遇》……其余的如《人猿泰山》……或者非洲的怪兽这一类的影片，也常介绍给人的。鲁迅先生说："电影没有什么好的，看看鸟兽之类倒可以增加些关于动物的知识。"

鲁迅先生不游公园，住在上海十年，兆丰公园没有进过。虹口公园这么近也没有进过。春天一到了，我常告诉周先生，我说公园里的土松软了，公园里的风多么柔和。周先生答应选个晴好的天气，选个礼拜日，海婴休假日，好一道去，坐一乘小汽车一直开到兆丰公园，也算是短途旅行。但这只是想着而未有做到，并且把公园给下了定义。鲁迅先生说："公园的样子我知道的……一进门分作两条路，一条通左边，一条通右边，沿着路种着点柳树什么树的，树下摆着几张长椅子，再远一点有个水池子。"

我是去过兆丰公园的，也去过虹口公园或是法国公园的，仿佛这个定义适用在任何国度的公园设计者。

鲁迅先生不戴手套，不围围巾，冬天穿着"黑石蓝"的棉布袍子，头上戴着灰色毡帽，脚穿黑帆布胶皮底鞋。

胶皮底鞋夏天特别热，冬天又凉又湿，鲁迅先生的身体不算好，大家都提议把这鞋子换掉。鲁迅先生不肯，他说胶皮底鞋子走路方便。

"周先生一天走多少路呢？也不就一转弯到××书店走一趟吗？"

鲁迅先生笑而不答。

"周先生不是很好伤风吗？不围巾子，风一吹不就伤风了吗？"

鲁迅先生这些个都不习惯，他说：

"从小就没戴过手套围巾，戴不惯。"

鲁迅先生一推开门从家里出来时，两只手露在外边，很宽的袖口冲着风就向前走，腋下夹着个黑绸子印花的包袱，里边包着书或者是信，到老靶子路书店去了。

那包袱每天出去必带出去，回来必带回来。出去时带着给青年们的信，回来又从书店带来新的信和青年请鲁迅先生看的稿子。

鲁迅先生抱着印花包袱从外边回来，还提着一把伞，一进门客厅里早坐着客人，把伞挂在衣架上就陪客人谈起话来。谈了很久了，伞上的水滴顺着伞杆在地板上已经聚了一堆水。

鲁迅先生上楼去拿香烟，抱着印花包袱，而那把伞也没有忘记，顺手也带到楼上去。

鲁迅先生的记忆力非常之强，他的东西从不随便散置在任何地方。鲁迅先生很喜欢北方口味。许先生想请一个北方厨子，鲁迅先生以为开销太大，请不得的，男用人，至少要十五元钱的工钱。

所以买米买炭都是许先生下手。我问许先生为什么用两个女用人都是年老的，都是六七十岁的？许先生说她们做惯了，海婴的保姆，海婴几个月时就在这里。

正说着那矮胖胖的保姆走下楼梯来了，和我们打了个迎面。

"先生，没吃茶吗？"她赶快拿了杯子去倒茶，那刚刚下楼时气喘的声音还在喉管里咕噜咕噜的，她确实年老了。

来了客人，许先生没有不下厨房的，菜食很丰富，鱼、肉……都是用大碗装着，起码四五碗，多则七八碗。可是平常就只三碗菜：一碗素炒豌豆苗，一碗笋炒咸菜，再一碗黄花鱼。

这菜简单到极点。

鲁迅先生的原稿，在拉都路一家炸油条的那里用着包油条，我得到了一张，是译《死魂灵》的原稿，写信告诉了鲁迅先生。鲁迅先生不以为稀奇，许先生倒很生气。

　　鲁迅先生出书的校样，都用来揩桌，或做什么的。请客人在家里吃饭，吃到半道，鲁迅先生回身去拿来校样给大家分着。客人接到手里一看，这怎么可以？鲁迅先生说：

　　"擦一擦，拿着鸡吃，手是腻的。"

　　到洗澡间去，那边也摆着校样纸。

　　许先生从早晨忙到晚上，在楼下陪客人，一边还手里打着毛线。不然就是一边谈着话一边站起来用手摘掉花盆里花上已干枯了的叶子。许先生每送一个客人，都要送到楼下门口，替客人把门开开，客人走出去而后轻轻地关了门再上楼来。

　　来了客人还到街上去买鱼或买鸡，买回来还要到厨房里去工作。

　　鲁迅先生临时要寄一封信，就得许先生换起皮鞋子到邮局或者大陆新村旁边信筒那里去。落着雨的天，许先生就打起伞来。

　　许先生是忙的，许先生的笑是愉快的，但是头发有一些是白了的。

　　夜里去看电影，施高塔路的汽车房只有一辆车，鲁迅先生一定不坐，一定让我们坐。许先生，周建人夫人……海婴，周建人先生的三位女公子。我们上车了。

　　鲁迅先生和周建人先生，还有别的一二位朋友在后边。

　　看完了电影出来，又只叫到一部汽车，鲁迅先生又一定不肯坐，让周建人先生的全家坐着先走了。

　　鲁迅先生旁边走着海婴，过了苏州河的大桥去等电车去了。等了二三十分钟电车还没有来，鲁迅先生依着沿苏州河的铁栏杆坐在桥边的石围上了，并且拿出香烟来，装上烟嘴，悠然地吸着烟。

海婴不安地来回乱跑，鲁迅先生还招呼他和自己并排坐下。

鲁迅先生坐在那儿和一个乡下的安静老人一样。

鲁迅先生吃的是清茶，其余不吃别的饮料。咖啡、可可、牛奶、汽水之类，家里都不预备。

鲁迅先生陪客人到深夜，必同客人一道吃些点心。那饼干就是从铺子里买来的，装在饼干盒子里，到夜深许先生拿着碟子取出来，摆在鲁迅先生的书桌上。吃完了，许先生打开立柜再取一碟。还有向日葵子差不多每来客人必不可少。鲁迅先生一边抽着烟，一边剥着瓜子吃，吃完了一碟鲁迅先生必请许先生再拿一碟来。

鲁迅先生备有两种纸烟，一种价钱贵的，一种便宜的。便宜的是绿听子的，我不认识那是什么牌子，只记得烟头上带着黄纸的嘴，每五十支的价钱大概是四角到五角，是鲁迅先生自己平日用的。另一种是白听子的，是前门烟，用来招待客人的，白听烟放在鲁迅先生书桌的抽屉里。来客人，鲁迅先生下楼，把它带到楼下去，客人走了，又带回楼上来照样放在抽屉里。而绿听子的永远放在书桌上，是鲁迅先生随时吸着的。

鲁迅先生的休息，不听留声机，不出去散步，也不倒在床上睡觉，鲁迅先生自己说：

　　"坐在椅子上翻一翻书就是休息了。"

　　鲁迅先生从下午两三点钟起就陪客人，陪到五点钟，陪到六点钟，客人若在家吃饭，吃完饭又必要在一起喝茶，或者刚刚吃完茶走了，或者还没走又来了客人，于是又陪下去，陪到八点钟，十点钟，常常陪到十二点钟。从下午两三点钟起，陪到夜里十二点，这么长的时间，鲁迅先生都是坐在藤躺椅上，不断地吸着烟。

　　客人一走，已经是下半夜了，本来已经是睡觉的时候了，可是鲁迅先生正要开始工作。

　　在工作之前，他稍微合一合眼睛，燃起一支烟来，躺在床边上，这一支烟还没有吸完，许先生差不多就在床里边睡着了（许先生为什么睡得这样快？因为第二天早晨六七点钟就要来管理家务）。海婴这时在三楼和保姆一道睡着了。

　　全楼都寂静下去，窗外也一点声音没有了，鲁迅先生站起来，坐到书桌边，在那绿色的台灯下开始写文章了。许先生说鸡鸣的时候，鲁迅先生还是坐着，街上的汽车嘟嘟地叫起来了，鲁迅先生还是坐着。

　　有时许先生醒了，看着玻璃窗白萨萨的了，灯光也不显得怎么亮了，鲁迅先生的背影不像夜里那样高大。

　　鲁迅先生的背影是灰黑色的，仍旧坐在那里。

　　人家都起来了，鲁迅先生才睡下。

　　海婴从三楼下来了，背着书包，保姆送他到学校去，经过鲁迅先生的门前，保姆总是吩咐他说：

"轻一点儿走，轻一点儿走。"

鲁迅先生刚一睡下，太阳就高起来了，太阳照着隔院子的人家，明亮亮的，照着鲁迅先生花园的夹竹桃，明亮亮的。

鲁迅先生的书桌整整齐齐的，写好的文章压在书下边，毛笔在烧瓷的小龟背上站着。

一双拖鞋停在床下，鲁迅先生在枕头上边睡着了。

……

鲁迅先生病了一个多月了。

证明了鲁迅先生是肺病，并且是肋膜炎，须藤老医生每天来，为鲁迅先生把肋膜积水用打针的方法抽净，共抽过两三次。

这样的病，为什么鲁迅先生一点也不晓得呢？许先生说，周先生有时觉得肋痛了就自己忍着不说，所以连许先生也不知道，鲁迅先生怕别人晓得了又要不放心，又要看医生，医生一定又要说休息。鲁迅先生自己知道做不到的。

福民医院美国医生的检查，说鲁迅先生肺病已经二十年了。这次发了怕是很严重。

医生规定个日子，请鲁迅先生到福民医院去详细检查，要照 X 光的。

但鲁迅先生当时就下楼是下不得的，又过了许多天，鲁迅先生到福民医院去检查病去了。照X光后给鲁迅先生照了一个全部的肺部的照片。

这照片取来的那天许先生在楼下给大家看了，右肺的上尖角是黑的，中部也黑了一块，左肺的下半部都不大好，而沿着左肺的边边黑了一大圈。

这之后，鲁迅先生的热度仍高，若再这样热度不退，就很难抵抗了。

那查病的美国医生，只查病，而不给药吃，他相信药是没有用的。

须藤老医生，鲁迅先生早就认识，所以每天来，他给鲁迅先生吃了些退热的药，还吃停止肺部病菌活动的药。他说若肺不再坏下去，就停止在这里，热自然就退了，人是不危险的。

在楼下的客厅里，许先生哭了。许先生手里拿着一团毛线，那是海婴的毛线衣拆了洗过之后又团起来的。

鲁迅先生在无欲望状态中，什么也不吃，什么也不想，睡觉是似睡非睡的。

天气热起来了，客厅的门窗都打开着，阳光跳跃在门外的花园里。麻雀来了停在夹竹桃上叫了三两声就飞去，院子里的小孩们叽叽喳喳地玩耍着，风吹进来好像带着热气，扑到人的身上。天气从刚刚发芽的春天，变为夏天了。

楼上老医生和鲁迅先生谈话的声音隐约可以听到。

楼下又来了客人，来的人总要问：

"周先生好一点儿了吗？"

许先生照常说："还是那样子。"

但今天说了眼泪就又流了满脸。一边拿起杯子来给客人倒茶，一边用左手拿着手帕按着鼻子。

客人问：

"周先生又不大好吗？"

许先生说：

"没有的，是我心窄。"

过了一会儿，鲁迅先生要找什么东西，喊许先生上楼去。许先生连忙擦着眼睛，想说她不上楼的，但左右看了一看，没有人能代替了她，于是带着她那团还没有缠完的毛线球上楼去了。

楼上坐着老医生，还有两位探望鲁迅先生的客人。许先生一看他们就自己低了头不好意思地笑了，她不敢到鲁迅先生的面前去，背转着身问鲁迅先生要什么呢，而后又是慌忙地把线缕挂在手上缠了起来。

一直到送老医生下楼，许先生都是把背向着鲁迅先生而站着的。

每次老医生走，许先生都是替老医生提着皮包送到前门外的。许先生愉快地、沉静地带着笑容打开铁门闩，很恭敬地把皮包交给老医生，眼看着老医生走了才进来关了门。

这老医生出入在鲁迅先生的家里，连老娘姨对他都是尊敬的，医生从楼上下来时，娘姨若在楼梯的半道，就赶快下来躲开，站到楼梯的旁边。有一天老娘姨端着一个杯子上楼，楼上医生和许先生一道下来了，那老娘姨躲闪不灵，急得把杯里的茶都颠出来了。等医生走过去，已经走出了前门，老娘姨还在那里呆呆地望着。

"周先生好了点儿吧？"

有一天许先生不在家，我问着老娘姨。她说：

"谁晓得，医生天天看过了不声不响地就走了。"

可见老娘姨对医生每天是怀着期望的眼光看着他的。

许先生很镇静，没有紊乱的神色，虽然说那天当着人哭过一次，但该做什么，仍是做什么。毛线该洗的已经洗了，晒的已经晒起，晒干了的随手就把它团起团子。

"海婴的毛线衣，每年拆一次，洗过之后再重打起，人一年一年地长，衣裳一年穿过，一年就小了。"

在楼下陪着熟的客人，一边谈着，一边开始手里动着竹针。

这种事情许先生是偷空就做的，夏天就开始预备着冬天的，冬天就做夏天的。

许先生自己常常说：

"我是无事忙。"

这话很客气，但忙是真的，每一餐饭，都好像没有安静地吃过。

海婴一会儿要这个，要那个；若一有客人，上街临时买菜，下厨房煎炒还不说，就是摆到桌子上来，还要从菜碗里为着客人选好的夹过去。饭后又是吃水果，若吃苹果还要把皮削掉，若吃荸荠看客人削得慢而不好也要削了送给客人吃，那时鲁迅先生还没有生病。

许先生除了打毛线衣之外，还用机器缝衣裳，剪裁了许多件海婴的内衫裤在窗下缝。

因此许先生对自己忽略了，每天上下楼跑着，所穿的衣裳都是旧的，洗的次数太多，纽扣都洗脱了，也磨破了，都是几年前的旧衣裳。春天时许先生穿了一件紫红宁绸袍子，那料子是海婴在婴孩时候别人送给海婴做被子的礼物。做被子，许先生说很可惜，就捡起来做一件袍子。正说着，海婴来了，许先生使眼神，且不要提到，若提到海婴又要麻烦起来了，一定要说是他的，他就要要。

许先生冬天穿一双大棉鞋，是她自己做的。一直到二三月早晚冷时还穿着。

有一次我和许先生在小花园里拍一张照片，许先生说她的纽扣掉了，还拉着我站在她前边遮着她。

许先生买东西也总是到便宜的店铺去买，再不然，到减价的地方去买。

处处俭省，把俭省下来的钱，都印了书和印了画。

现在许先生在窗下缝着衣裳，机器声咯嗒咯嗒的，震着玻璃门有些颤抖。

　　窗外的黄昏，窗内许先生低着的头，楼上鲁迅先生的咳嗽声，都搅混在一起了，重续着、埋藏着力量，在痛苦中，在悲哀中，一种对于生的强烈的愿望站得和强烈的火焰那样坚定。

　　许先生的手指把捉了在缝的那张布片，头有时随着机器的力量低沉了一两下。

　　许先生的面容是宁静的、庄严的、没有恐惧的，她坦荡地在使用着机器。

　　……

　　鲁迅先生在四月里，曾经好了一点，有一天下楼去赴一个约会，把衣裳穿得整整齐齐，手下夹着黑花布包袱，戴起帽子来，出门就走。

　　许先生在楼下正陪客人，看鲁迅先生下来了，赶快说：

　　"走不得吧，还是坐车子去吧。"

　　鲁迅先生说："不要紧，走得动的。"

　　许先生再加以劝说，又去拿零钱给鲁迅先生带着。

　　鲁迅先生说不要不要，坚决地走了。

　　"鲁迅先生的脾气很刚强。"

　　许先生无可奈何的，只说了这一句。

　　鲁迅先生晚上回来，热度增高了。

　　鲁迅先生说：

"坐车子实在麻烦，没有几步路，一走就到。还有，好久不出去，愿意走走……动一动就出毛病……还是动不得……"

病压服着鲁迅先生又躺下了。

七月里，鲁迅先生又好些。

药每天吃，记温度的表格照例每天好几次在那里画，老医生还是照常地来，说鲁迅先生就要好起来了。说肺部的菌已经停止了一大半，肋膜也好了。

客人来差不多都要到楼上来拜望拜望。鲁迅先生带着久病初愈的心情，又谈起话来，披了一张毛巾子坐在躺椅上，纸烟又拿在手里了，又谈翻译，又谈某刊物。

一个月没有上楼去，忽然上楼还有些心不安，我一进卧室的门，觉得站也没地方站，坐也不知坐在哪里。

许先生让我吃茶，我就倚着桌子边站着，好像没有看见那茶杯似的。

鲁迅先生大概看出我的不安来了，便说：

"人瘦了，这样瘦是不成的，要多吃点儿。"

鲁迅先生又在说玩笑话了。

"多吃就胖了，那么周先生为什么不多吃点儿？"

鲁迅先生听了这话就笑了，笑声是明朗的。

从七月以后鲁迅先生一天天地好起来了，牛奶、鸡汤之类，为了医生所嘱也隔三岔五地吃着，人虽是瘦了，但精神是好的。

鲁迅先生说自己体质的本质是好的，若差一点的，就让病打倒了。

这一次鲁迅先生保持了很长时间，没有下楼更没有到外边去过。

在病中，鲁迅先生不看报，不看书，只是安静地躺着。但有一张小画是鲁迅先生放在床边上不断看着的。

那张画，鲁迅先生未生病时，和许多画一道拿给大家看过的，小得和纸烟包里抽出来的那画片差不多。那上边画着一个穿大长裙子飞散着头发的女人在大风里边跑，在她旁边的地面上还有小小的红玫瑰的花朵。

记得是一张苏联某画家着色的木刻。

鲁迅先生有很多画，为什么只选了这张放在枕边？

许先生告诉我的，她也不知道鲁迅先生为什么常常看这小画。

有人来问他这样那样的，他说：

"你们自己学着做，若没有我呢！"

这一次鲁迅先生好了。

还有一样不同的，觉得做事要多做……

鲁迅先生以为自己好了，别人也以为鲁迅先生好了。

准备冬天要庆祝鲁迅先生工作三十年。

又过了三个月。

一九三六年十月十七日，鲁迅先生的病又发了，又是气喘。

十七日，一夜未眠。

十八日，终日喘着。

十九日的下半夜，人衰弱到极点了。天将发白时，鲁迅先生就像他平日一样，工作完了，他休息了。

一九三九年十月

导读

　　萧红（1911—1942），中国现代作家。主要作品有《小城三月》《呼兰河传》《马伯乐》《北中国》等小说及散文、诗歌。

　　回忆鲁迅先生的文章很多，萧红这篇是其中很有特色的一篇，它向我们展现了鲁迅先生在"文学家、革命家、思想家"之外的另一种形象，也就是鲁迅先生日常生活中的真实状态，这里描绘的鲁迅是亲切的、自然的，而并非"不食人间烟火"的伟人。文章写了鲁迅先生对女性衣服的见解，写了他喜欢的口味、他爱看的电影、他的工作以及他的病，一个生活中的鲁迅的形象被鲜明地勾勒了出来。同样鲜明的还有许广平先生和海婴的形象，许先生勤俭持家，精心照顾鲁迅先生；海婴不谙世事，却又那么可爱。萧红写这篇文章，是饱含深情的，鲁迅先生对她关爱有加，她对鲁迅先生崇敬不已，她在鲁迅先生面前似乎是一个可以撒娇的女儿。此外，文章也体现出了萧红鲜明的风格——将生活中细小、琐屑的事情以散淡的笔墨自然地描摹出来，别有一番味道。

王静安先生遗书序[①]

陈寅恪 著

　　王静安先生既殁，罗雪堂先生刊其遗书四集。后五年，先生之门人赵斐云教授，复采辑编校其前后已刊未刊之作，共为若干卷，刊行于世。先生之弟哲安教授，命寅恪为之序。寅恪虽不足以知先生之学，亦尝读先生之书，故受命不辞。谨以所见质正于天下后世之同读先生之书者。

　　自昔大师巨子，其关系于民族盛衰、学术兴废者，不仅在能承继先哲将坠之业，为其托命之人，而尤在能开拓学术之区宇，补前修之未逮。故其著作可转移一时之风气，而示来者以轨则也。先生之学博矣，精矣，几若无涯岸之可望，辙迹之可寻。然详绎遗书，其学术内容及治学方法，殆可举三目以概括之者。一曰取地下之实物与纸上之遗文互相释证。凡属于考古学及上古史之作，如《殷卜辞中所见先公先王考》及《鬼方昆夷猃狁考》等是也。二曰取异族

---

①原载《清华学报》（1932 年 7 卷 2 期），后收入《金明馆丛稿二编》，上海古籍出版社，1980 年版。

之故书与吾国之旧籍互相补正。凡属于辽金元史事及边疆地理之作，如《萌古考》及《元朝秘史之主因亦儿坚考》等是也。三曰取外来之观念，与固有之材料相互参证。凡属于文艺批评及小说、戏曲之作，如《〈红楼梦〉评论》及《宋元戏曲考》《唐宋大曲考》等是也。此三类之著作，其学术性质固有异同，所用方法亦不尽符会，要皆足以转移一时之风气，而示来者以轨则。吾国他日文史考据之学，范围纵广，途径纵多，恐亦无以远出三类之外。此先生之书所以为吾国近代学术界最重要之产物也。

今先生之书，流布于世，世人大抵能称道其学，独于其平生之志事，颇多不能解，因而有是非之论。寅恪以为古今中外志士仁人，往往憔悴忧伤，继之以死。其所伤之事，所死之故，不止局于一时间一地域而已。盖别有超越时间地域之理性存焉。而此超越时间地域之理性，必非其同时间地域之众人所能共喻。然则先生之志事，多为世人所不解，因而有是非之论者，又何足怪耶？尝综揽吾国三十年来，人世之剧变至异，等量而齐观之，诚庄生所谓彼亦一是非，此亦一是非者。若就彼此所是非者言之，则彼此终古末由共喻，以其互局于一时间一地域故也。呜呼，神州之外，更有九州。今世之后，更有来世。其间傥亦有能读先生之书者乎？如果有之，则其人于先生之书，钻味既深，神理相接，不但能想见先生之人，想见先生之世，或者更能心喻先生之奇哀遗恨于一时一地，彼此是非之表欤？

一千九百三十四年岁次甲戌六月三日陈寅恪谨序。

导读

陈寅恪（1890—1969），字鹤寿，江西义宁（今修水）人。中国现代最负盛名的集历史学家、古典文学研究家、语言学家、诗人于一身的百年难见的人物。他国学基础深厚，国史精熟，又大量吸取西方文化，著有《元白诗笺证稿》《柳如是别传》《寒柳堂集》等。

本文是陈寅恪为近代国学大师王国维遗书所作的序。王国维（1877—1927），字静安，在教育、哲学、文学、戏曲、美学、史学、古文学等方面均有深诣和创新，学术著作《人间词话》《宋元戏曲考》《〈红楼梦〉评论》等皆对后世产生了深远影响。一九二七年六月二日，王国维于北京颐和园昆明湖中投湖自尽，遗书中写道"五十之年，只欠一死，经此世变，义无再辱"，短短数言，留给后人无数的猜测。

陈寅恪在《王静安先生遗书序》中高度评价了王国维一生的学术成就，并对王国维自尽之事表达了自己的见解，希望世人更多地关注王国维的学术遗产，与其神理相接。一代大师已逝，但大师的著作永远陪伴着我们。

记梁任公先生的一次演讲①

梁实秋 著

　　梁任公②先生晚年不谈政治，专心学术。大约在一九二一年左右，清华学校请他做第一次的演讲，题目是《中国韵文里表现的情感》。我很幸运地有机会听到这一篇动人的演讲。那时候的青年学子，对梁任公先生怀着无限的景仰，倒不是因为他是戊戌政变的主角，也不是因为他是云南起义的策划者，实在是因为他的学术文章对于青年确有启迪领导的作用。过去也有不少显宦，以及叱咤风云的人物莅校讲话，但是他们没有能给人留下深刻的印象。

　　任公先生的这一篇讲演稿，后来收在《饮冰室合集》里。他的讲演是预先写好的，整整齐齐地写在宽大的宣纸制的稿纸上面，他的书法很是秀丽，用浓墨写在宣纸上，十分美观。但是读他这篇文章和听他这篇讲演，那趣味相差很多，犹之乎读剧本与看戏之迥乎不同。

---

①原载《文人画像》，读书·生活·新知三联书店，1996年版。
②梁启超号任公，所以当时学者常称他为梁任公先生。

　　我记得清清楚楚，在一个风和日丽的下午，高等科楼上大教堂里坐满了听众，随后走进了一位短小精悍、秃头顶宽下巴的人物，穿着肥大的长袍，步履稳健，风神潇洒，左右顾盼，光芒四射，这就是梁任公先生。

　　他走上讲台，打开他的讲稿，眼光向下面一扫，然后是他的极简短的开场白，一共只有两句，头一句是："启超没有什么学问——"眼睛向上一翻，轻轻点一下头："可是也有一点儿喽！"这样谦逊同时又这样自负的话是很难得听到的。他的广东官话是很够标准的，距离国语甚远，但是他的声音沉着而有力，有时又是洪亮而激亢，所以我们还是能听懂他的每一字，我们甚至想如果他说标准国语其效果可能反要差一些。

　　我记得他开头讲一首古诗《箜篌引》：

公无渡河。

公竟渡河！

渡河而死，

其奈公何！

　　这四句十六字，经他一朗诵，再经他一解释，活画出一出悲剧，其中有起承转合，有情节，有背景，有人物，有情感。我在听先生这篇讲演后二十余年，偶然获得机缘在茅津渡候船渡河。但见黄沙弥漫，黄流滚滚，景象苍茫，不禁哀从中来，顿时忆起先生讲的这首古诗。

先生博闻强记，在笔写的讲稿之外，随时引证许多作品，大部分他都能背诵得出。有时候，他背诵到酣畅处，忽然记不起下文，他便用手指敲打他的秃头，敲几下之后，记忆力便又畅通，成本大套地背诵下去了。他敲头的时候，我们屏息以待，他记起来的时候，我们也跟着他欢喜。

先生的讲演，到紧张处，便成为表演。他真是手之舞足之蹈，有时掩面，有时顿足，有时狂笑，有时叹息。听他讲到他最喜爱的《桃花扇》，讲到"高皇帝，在九天，不管……"那一段，他悲从中来，竟痛哭流涕而不能自已。他掏出手巾拭泪，听讲的人不知有几多也泪下沾巾了！又听他讲杜氏讲到"剑外忽传收蓟北，初闻涕泪满衣裳……"，先生又真是于涕泗交流之中张口大笑了。

这一篇讲演分三次讲完，每次讲过，先生大汗淋漓，状极愉快。听过这讲演的人，除了当时所受的感动之外，不少人从此对于中国文学发生了强烈的爱好。先生尝自谓"笔锋常带情感"，其实先生在言谈讲演之中所带的情感不知要更强烈多少倍！

有学问，有文采，有热心肠的学者，求之当世能有几人？于是我想起了从前的一段经历，笔而记之。

导读

梁实秋（1902—1987），浙江杭县（今杭州）人，生于北京。著名散文家、文学批评家、翻译家，国内第一个研究莎士比亚的权威。主要著作有《雅舍小品》《秋室杂文》，译著《莎士比亚全集》等。

本文记叙了作者听梁任公演讲时的感受。梁启超（1873—1929），号任公，中国近代思想家、政治家、教育家、史学家、文学家。戊戌变法领袖之一，中国近代维新派、新法家代表人物。著有《中国近三百年学术史》《少年中国说》等。作者在本文中回忆一九二一年梁启超在清华大学演讲的场景，将梁启超当时的音容笑貌描绘得细腻传神，让人仿佛身临其境。其中对梁启超演讲的精彩描写，让人想起刘鹗在《老残游记》中写白妞说书的段落，亦是"笔锋常带情感"，极具艺术感染力。读罢此文，读者仿若和作者一同聆听了梁启超先生的出色演讲。

凡墙都是门

凡墙都是门，意味着一切障碍都可以逾越。这里的几篇文章便向我们展示了不同的逾越方式，我们从中可以看到巧妙的构思与高超的艺术技巧，从它们那里，我们可以暂时脱离现实生活，达到一种神奇的艺术境界。而每篇文章又各自不同，各有其独特之处，有的将现实与虚构巧妙地编织起来，有的则将梦境推进到极致，让我们看到了虚幻的花朵在现实中绽放的情景，这正是人类想象力的可贵之处。

蜗 居①

宗璞 著

　　大野迷茫，浓黑如墨。我在黑夜的原野上行走，再也找不到自己的家。

　　是谁遗弃了我吗？是我背叛了什么人吗？我不知道。我走着走着，四周只有无边的黑暗。我是这般孤独和凄冷。我记不起是否曾有过一个家，一个可以自由自在，说话无须谨慎小心的家。在记忆中，我似乎从来便是在这黑夜中寻找，寻找我那不知是否存在过的家。

　　我注视着黑夜，黑夜在流动。夜幕忽浓忽淡，忽然如一堵墨墙，忽然又薄如布幔。我想掀开布幔看清前面的路，可是我什么也摸不着，眼前还是迷迷茫茫，混沌一片。我踉跄地在黑夜里行走。我的家，如果过去不曾存在的话，是否在前面的路上，会有一个小窝，容我栖息、给我温暖呢？

　　走着走着，我真的碰上一堵墙。石壁凸凹不平，缠绕着层层绳

---

①选自《钟山》（1981年第1期）。

索。我摸了一阵，才知道那是千头万绪的藤蔓。但是空气中没有一点属于植物的清新气息，想来已只剩了枯黄的一层。这是山的峭壁，还是房屋的墙壁？我该往哪里走呢？我踌躇，顺着石墙走去，一面在凸凹不平的石块和纠结的枝条中摸索找寻。

忽然间，墙上开了一扇不大的门。随着门的开启，飘出一阵浓雾，立即呛得我咳个不停。我仍踌躇着，走进去了。

这是一间很大的厅堂，进去后便看不见墙壁，只在浓重的烟雾中透露出微弱的光，隐约照见地上一排排的人，半坐半跪，正在摇头晃脑地念着什么。隔几排人点着一排大香烛，香烟袅袅，便是浓雾的来源了。他们是和尚？道士？还是天主教基督教的什么会士？我不知道。渐渐地，在黯淡中看清了他们的表情，使我一惊。他们每人都像戴了一个假面具，除了翕张的嘴唇，别处的肌肉不会动一动。我进去了，也如同我不存在，没有一个人抬动一下眼皮。

在迷漫的香雾中有着不和谐，仿佛正在刺透那灰蒙蒙的空气。我定了定神。那是清醒的、冷冷的目光。只不知在哪里。

不知因为什么，一个人猛然纵身跳起，又使我吃一惊。他跳起后便在大厅里奔跑，从左到右，又从右到左，来回不停。他的举止僵硬，像是一个提线木偶。他跑了一阵，又有一个人站起来随着跑。他们的动作这样笨拙，显然是别人设计的。我注意地看，见许多人身后都背着一个圆形的壳，像是蜗牛的壳一样。再看坐着念诵的人，有的也有蜗壳，有的没有，看上去光秃秃的。渐渐，跑的人越来越多，却没有人碰撞到我。

忽然，响起了沉重的脚步声。奔跑的人群先愣住了，经过几秒钟死一样的寂静，又猛醒地四散奔逃。有壳的人头上伸出两个触角，不断抽动，像是在试探平安，不一时，人散开了。厅中空地上站着一个方方的壮汉，使人想起机器人。他大声宣布："奉上级指示，清查血统。检举有功，隐瞒有罪！"随着洪钟般的话声，他旁边又冒出几个壮汉，每个人都在自己身上扭动一个开关，一个个抬起手臂，手臂变成探照灯一样，向人群中照射过去。

人群在继续奔逃，他们除了像木偶，还有点像影子，奔走时并没有声音，这倒使我害怕起来。带蜗壳的人找到一个他认为安全的香烛，便躲在烛后，缩进壳中，没有壳的人动作灵活些，有的逃得不见踪影，有的一面走一面向自己身上吐唾沫，大概想造起一个硬壳。探照灯在人群中扫来扫去，追赶着人群。

在一片惊恐、混乱中，还是有着清醒的、现在是痛苦的目光。只不知在哪里。

一个壮汉猛然大喝一声，盯住一个正在往大厅深处跑去的人，随即用手拉着一根看不见的绳索，那人在地上滑了过来。到得"探照灯"前，灯光照得他身体透亮。我看见他的皮肤下面流着鲜红的血，和任何人一样的鲜红的血。莫非这血液便是他的罪状？再一瞬间，这人缩成指甲大小，壮汉把他拾起扔在脚旁的一个类似字纸篓的筐里，紧接着又是一声大喝，一个蜗壳滑了过来，在灯光下先伸出两个触角，但这里哪有他试探的分，再一转眼，他也缩小了，如同一个普通的蜗牛，给扔进了字纸筐。

一会儿筐快满了。壮汉们似有收兵之意，忽然一个人直向厅中心跑来，大声叫着："告！告！"他指着一个雕刻着花纹的大蜡烛，蜡烛后面躺着一个大蜗壳，滚烫的蜡烛油滴进壳中，壳的主人也不敢动一动。但他还是跑不了，探照灯照上了他，他也给吸进了字纸筐。

我注意到这喊着"告"的，便是最先起身响应奔跑的那位。奔跑当然不是他的发明。他又"告"了好几个。每次跑到亮光前，光照透了他的身体，可以清楚地看见他的心脏和头脑都紧紧地绑着绳索，他的脸在假面具后露出虔诚的表情，那是十分真实的虔诚，我想。

那筐满了，小东西们在筐里挣扎着，探照灯减弱了；清醒的、痛苦的目光显露出绝望的悲哀，仍不知在哪里。那位告发者退到人群中，忽然一声响亮，他平地飞升了。我挤向前，想看个究竟。他越升越高了。大家都抬着头，张着嘴看他。我下意识地一把拉住他的脚。我也飞升了。不知他是不觉得我的分量，还是觉得了不敢声张。转瞬间我们便来到另一座高处的厅堂，这里灯火辉煌，绝无烟雾干扰，大概是天堂了。下界的香火，显然是达不到这里的。

这里的人不再半坐半跪地诵经了。他们大都深深埋在一个个座位里，有的是沙发，有的是皮转椅，也有镶嵌了大理石的硬木太师椅。他们无一例外地各有一个壳，但这壳不是背在背上，而是放在自己的座位旁边。有的正在壳上涂画图案、花纹。我追随的人观察了半天，看准一张摆在凸花地毡上的墨绿色丝绒大沙发，便冲过去坐下了。他那如释重负的摊开的四肢，说明他再也不想起来。"你起来！我早看上这位子了。"忽然一声断喝，凸花地毡上冒出一个古色古香的小老头，宽袍大袖，举着牙笏，可说的是现代语言。经这一喝，我才发觉这厅里是一片喧闹。几乎每个座位周围都冒出了人，有的争吵，有的撕扯，有的慷慨陈词，有的摩拳擦掌，真是人声鼎沸。在这混乱上面，却飘着一派美妙的音乐。音乐这样甜，这样腻，简直使人发晕。渐渐可以从甜腻里分辨出，这是赞美，是崇拜，是效忠的信誓旦旦。原来下面厅里念的是《圣经》，这里唱的只是《所罗门之歌》了。《所罗门之歌》直向上空飘去。我才想起，天，是分为九重的。

这绝不是我所寻找的家。嘈杂、混乱齐向我袭来，像要把我挤扁、让我窒息，我必须离开。我穿过身着各个朝代服装的人群，碰撞了好几个人，他们却看不见我。这里和下面一样，以为只要看不见，就能否认事实的存在。

我又在黑暗里行走了，眼前迷迷茫茫，混沌一片。我多么渴望能有一盏灯火，哪怕是在最遥远的地方有一丝光亮。四周是太黑暗了，黑得发硬，也在把我挤扁、窒息。我走啊走啊，一脚高一脚低，转来转去，又碰上凸凹不平的石壁，层层缠绕的绳索。我又走进了那座厅堂。

时间不知已过去了多久，这里不知是在进行第几次什么名目的清查。清查的名目很多，可谓俯仰皆是。方方的壮汉还是在用那不可思议的力量进行搜捕。人们为什么这样驯服？可能是变作指甲般的小东西，也还是可以活下去吧。

这时一个大蜗牛给吸到厅中，强烈的电光照透了蜗壳，一个人蜷伏在壳里，恐惧地用手捂住眼睛。"都背着这玩意干什么！"几只脚踩下来，蜗壳碎裂了。几只手撕下长在肉身上的蜗壳。

"且慢！"人群中冲出一个年轻人。他站在受伤的蜗壳旁。"每一个人，都应该像人一样，活在人的世界！"他仰面大声说。他身材单薄，脸庞秀气，那清醒而又痛苦的目光，在这里了！他居然敢脱下面具！眼泪从他秀气的脸上流下来，在脚下立即冻成了冰。

"不要命了？何苦呢？"人群中窃窃私语。

"总有一天，真理无须用头颅来换取！"青年面对灼人的白光，弯身去扶那受伤者。

"还不与我拿下！"头顶上轰然响起了洪钟般的声音。这声音很远，一层层向下传来，响彻了这厅堂，一直冲向黑夜的荒野。紧接着咔嚓嚓轰隆隆一阵巨响，莫非是掌心雷？只见青年猛然矮了一截，他正向地底下沉去。周围没有人动一动，宛如一大块冰。我见他沉落得只剩了头，忍不住扑过去抓住他的头发。这一来，我也随着他向下沉落了。

地面在我们头上合拢，人群中忽然传出隐约的哭声。总还是有人惊惶，有人哀悼吧。青年的秀气的脸上，露出一丝微笑。"我死，也甘心的。"他对着我，自言自语。

我们落入了阿鼻地狱，地狱的惨状如果形诸笔墨，未免不合美学标准，所以略过。遇见的几个人物，他们的魂魄充塞于天地间，故此不得不提。

我们最先看见的是东汉时期的范滂。他仍处在"三木囊头，暴于阶下"的位置。他的手、脚和头颈都套着沉重的木枷。木枷上生着碧绿的苔藓。壁虎、蜥蜴在他头上爬来爬去，好像他已是一具死尸。这里照说没有光，但这里根本不需要光。他一下子就看见了我们。他大睁着两眼，透过苔藓和乱草般的须眉，目光炯炯地打量着那青年。他说话了，一只壁虎从他嘴边跳开去。

"如果我叫你们行恶，恶是做不得的。如果我叫你们行善，可我并未作恶啊。"他说。

我不知这是什么意思。青年凄然一笑，答道："在黑暗中行走的人，往往需要用头颅做灯火，只为了照亮别人的路。"

范滂炯炯的目光中露出了理解、同情和欣慰。这时忽听砰的一声，一个大瓦钵扣在他头上，几只蜥蜴从木枷上震落下来。他的目光透过瓦钵的裂缝，仍在炯炯地随着我们。

我们再往前走。走着走着，先觉得四周出现了异乎寻常的亮，然后看见远处的火光，火光越来越亮，熊熊的火舌向上伸卷，在火焰中，柴堆上，站着一个须发皆白的衰弱的老人。那是布鲁诺！那一年他是五十二岁。原来我们来到了十六世纪的罗马鲜花广场。布鲁诺的衣服着火了！头发也着火了！他整个成了火人！他看见我们了。他的目光是衰弱的，我却觉得它比火焰还明亮，还炽热。他对青年用力地说：

"你来了！你愿用头颅照亮世界吗？"

他的声音也很微弱，却在刹那间传遍了广场。广场上观看火刑的黑压压的人群波动起来。"你愿用头颅照亮世界吗？"微弱的声音在回响，我战栗了，向后缩，缩在人群中。人们挤来挤去，几乎每人都提着一个蜗壳样的东西，互相碰撞。

像受到什么力的冲击，人们自觉或不自觉地站开，让出一条路。我所追随的秀气的青年挺直了单薄的身躯向火堆走去。

"我愿意！"他昂头答道。火光照在他那英俊的头上。这颗头颅不久便不属于他了。会属于谁呢？我不知道。"我愿意！"他的声音并不洪亮，但穿透了广场上每一个有心人的心。

衰弱的已成为火人的布鲁诺转动着头，从容地把广场看了一遍。

广场上静极了，只有火在燃烧的声音。他想张开两臂，拥抱这说"我愿意"的年轻人，拥抱这处他以极刑的世界。但他是绑着的。他长笑道："那么永别了，环绕太阳转的地球！"他垂下了头。

火光陡地熄灭了，人群也不见了踪影。"这是应该住在天堂的人啊，他怎么在地狱？"我不由得问出声来。青年不答，只管赶路。他是在走向自己的刑场。

脚扎破了，血流出来。我们行走在铺满荆棘的路上。走着走着，前面来了一队人马，荷枪实弹，拥着一位中年人。他穿着朴素的灰布长衫，踏在荆棘上，沉着地走向生命的尽头。

"我愿意。"他和青年交换了目光，也交换了思想。我们默默地站在一旁，眼看他走上一块凌空的木板，站得笔直。他的头上，是打好了结的绳索。

他的左右，忽然出现了一副对联："铁肩担道义，妙手著文章。"我拼命睁大眼睛，想看清楚些。我不相信，连他，也给打入地狱了吗？他不得不永远重复那断气时一刹那的痛苦。他为了什么？这一切，又是为了什么呢？

"总有一天，真理无须用头颅来换取。"青年对着我，自言自语。

他随即沉着地大步向前走了，走向他自己的刑场。毕竟进入了二十世纪七十年代，人类文明多了，一颗精致的小小铅丸便能夺去人的生命，这个人的罪状只不过是说了几句真话，只不过他不愿戴上面具，变成木偶！他要用自己的头颅照亮世界。"我愿意！"他对我说。这一次他是看见我了！看见有这样一个苦苦追随的人，他多少有几分安慰吧。他那秀气的脸痉挛起来，他倒下了！他的头碰在水门汀地上，发出闷雷一样的声响。

"还有一个吧？"持枪的人搜索着。

我落荒而逃，跌跌撞撞，哪管脚下的荆棘乱石，眼前的深沟断涧。我一跂一跂地摔倒，再爬起来奔逃。我这平凡的头颅能作为一盏灯吗？我不相信。逃啊，跑啊，我以冲锋的精神逃命。

原来地狱也是可以逃出的，只要退却便行。我又落在无边的黑暗中了。黑夜还是在流动，有浓有淡，迷迷茫茫，混沌一片。但这时挤压我的不是黑夜本身，而是我心中的空虚和寂寞。

远处忽然有一点亮光！在无边的黑夜里，感到无边的空虚和寂寞的人，才知道一点亮光的宝贵。我又以冲锋的精神向亮光跑去。亮光越来越近，显出一行摇动的灯火的队伍。我喊叫着定睛看这队伍，惊得目瞪口呆。

那是一队无头的人，各把自己的头举得高高，每个头颅发出强弱不等的光，照亮黑夜的原野。他们从古时便在那里走，他们的队伍越来越长，他们手中的灯火也越来越亮。

我又逃走了。从那伟大的行列，从那悲壮的景象边逃走了。我在荆棘丛中、乱石堆里奔跑。跑着跑着，一间圆圆的小屋挡住我的去路。我毫不思索地推门进去了。

对了，这便是我的家！可又不像是我的家。我可以缩在里面，躲避风雨。如果没有压碎圆壳的力量，我是平安的。可这里这样窄小，我只能蜷缩着，学习进入半冬眠状态，若想活动身躯，空间和氧气都不够。我蜷缩着，蓦地想起背着蜗壳的上界与下界的人。蜗壳本身，改变不了别人安排的命运。

那灯火的队伍越走越近。我从门缝中望见了那耀眼的光华。他们走过去了。一个声音问道："你愿意用头颅照亮世界吗？"紧接着是此起彼落、参差不齐的回答：

"我愿意！我愿意！——"声音渐渐远去了。

在远处又传来悲壮的声音，这是换了一个人在呼喊了。"你愿意用头颅照亮世界吗？"

我想追出去，但我能高举着自己的头颅行走吗？我这平凡的头颅能发出够亮的光吗？我还是迟疑，蜷缩在蜗居里。

灯火只剩了一点亮光，快要看不见了。我怎舍得这一点光亮呢。我真希望看见不在割下的头颅里点燃的灯火，而是每个活着的头颅自由自在地散发着智慧的光辉。

"总有一天，真理无须头颅来换取。"秀气的青年对着我自言自语。我猛醒地想跳起身，追出去。若是我的头颅不能发光，就让我的身躯为他们减少一点路面的坎坷，阻挡一些荆棘的刺扎也是好的。

　　但我竟动不了身。圆壳中的黏液粘住了我。我跺脚，我挥着手臂，我拼命地挣，挣得筋疲力尽，瘫软在地上。我从门缝中看见黑夜的地平线上那一队摇曳的灯火，还依稀听见远处飘摇的声音："我愿意！我愿意！——"

　　我终于没有力气。我躺着，觉得自己在萎缩，在干瘪。有什么东西在嚼那圆壳，我在慢慢地消失——

　　我到了尽头。而那灯火的队伍是无尽的。

　　这一切都在黑夜里发生过了。既然天已黎明，又何必忌讳讲点古话呢！

1980 年 7 月

导读

宗璞（1928—   ），当代著名作家，原名冯钟璞，代表作有短篇小说《弦上的梦》，长篇小说《南渡记》《东藏记》等。

这篇文章较为抽象，富有寓意。作者写了自己在旷野中游荡时所见到的不同景象。在一间大厅里，她看到戴着假面具的人以及他们之间的相互倾轧。在更高处的厅堂里，她听到了甜腻腻的歌，"这是赞美，是崇拜，是效忠的信誓旦旦"。她又来到了"地狱"，在这里她看到了追求真理的人在受磨难，"你愿用头颅照亮世界吗？"这样的发问振聋发聩。最后她看到了一队"伟大的行列"，"那是一队无头的人，各把自己的头举得高高，每个头颅发出强弱不等的光，照亮黑夜的原野"。面对这一行列，"我"想追出去，但又感到迟疑，蜷缩在蜗居里。在这里，我们可以看到作者矛盾的态度，她对"人间""天堂"的虚伪感到恐惧，"地狱"和"伟大的行列"使她向往，但难以接近，她便只能躲在蜗居里了。

文章以现代主义的笔法，写出了作者的精神历程和人生态度。作者善于营造气氛，笔触细腻，给人留下深刻的印象。

宝　光①

李广田 著

在满天星斗的夜里，老牧人向小孙孙讲起了宝光的故事。

"看啊，孩子，"老人用烟袋指着远山说，"就在那边，在金银峪的深处，埋藏着无数的宝贝。"

小孩子仿佛已经入了睡梦，蹲在石头上沉默着，金银峪被包围在银色的雾中。

"那是几百年，也许是几千年前的事了，反正是在古年间，金银峪中埋藏着无数的宝贝。"老人又低声絮语着，"每到夜深人静的时候，金银峪便放出白色的光芒，那光芒好像雾气，然而那不是雾气，那就是宝光。看见那宝光的人是有福的，可惜人世间无福的到底比有福的多，所以能看见宝光的人实在很少很少。"

这时，那小孩才略微抬起头来，带着几分畏寒的意思，向金银峪疑惑地遥望。金银峪依然沉默着，在银色雾中被包围着。

---

①选自李广田《中国现代小品经典·灌木集》，河北教育出版社，1994 年版。

　　"据说古时候有一个有福的人，他曾经到这座山里来参拜过。"
老人重燃着了他的烟袋，一滴火星在黑暗中忽明忽灭，老人的故事
就如从那火星的明灭中吐出。他又继续道："那有福的人在夜间登山，
他就看见有宝光从金银峪中升起，于是他怀着虔敬的心，走向金银峪。
他看见那峪中遍地黄金，随处珠玉，那白色的光芒便是从那些珠宝
中发出。然而他并不拾取那些珠宝，因为他所寻求的并不是珠宝。"

　　老人稍稍停顿一会儿，仿佛等待小孩问他那朝山人所寻求的到
底是什么东西，然而那小孩依然沉默着，并不发问，那老人就只好
继续自己的故事。

　　"你一定想知道，那个有福的人所寻求的是什么东西。到底他
寻求的是什么呢？这却传说不一。有人说他寻求的是不结子的花草，
也有人说他寻求的是不疗病的药石，又有人说他本来就无所寻求。
他对于一切美丽的东西，宝贵的东西，只是赞赏，却没有一点据为
己有的意思，可是美丽的东西，宝贵的东西，却常常叫他遇见。他
不要金银，却能看见宝光，他说那宝光美丽极了。"

　　"自从人们听说金银峪里有珠宝，"老人的声音里仿佛带一点
激昂，他的烟袋又已经熄灭了，他继续道，"自从这一带人们听说
有珠宝，便都不安起来了，因为他们都起了贪心。他们常终夜不眠，
只想看见宝光，可是他们永不曾看见。他们常在深夜中到金银峪去
摸索，有人竟搬了大块的石头回家，希望石头能变成黄金，然而石

头还是石头。他们的贪心不止，他们便争着到金银峪去发掘，从此以后，那宝光就永不再见了。"

老牧人说完之后又沉默着，小孩也不作声，只听羊群在山坡下吃草。远处隐隐还听到有流水的声音，好像是老牧人的故事的回响。

导读

　　李广田（1906—1968），散文家，诗人。早年与卞之琳、何其芳合著《汉园集》，并称为"汉园三诗人"。散文集有《画廊集》《银狐集》等，文风朴实、真挚、亲切。

　　《宝光》借老牧人之口，用缓慢悠长的语调讲述了一个民间传说似的故事，"有福的人"第一个发现金银峪中的珠宝，但并不拾取那些珠宝，因为他寻求的是其他的东西。因为他并不贪恋财富，财富方才出现在他面前，更彰显出有福的人的可贵之处。而在这一带的其他人知道珠宝的存在后，"贪心的人"苦苦摸索珠宝，珠宝却不再出现。人心的光明和贪婪，在珠宝的面前被照映出来。唯有品德高尚者，方能看到珠宝。

　　老人在夜空下为小孙孙讲起宝光的故事，中间几次停顿，期待小孩的反应，小孩却一直沉默，仿佛已经睡去。这沉默为故事增添了宁静的气氛，故事意味深长地回荡在夜空下，回荡在读者的心灵之中，更令人回味无穷。

给匆忙走路的人^①

严文井 著

我们每每在一些东西的边端上经过，因为匆忙使我们的头低下，往往已经走过了几次，还不知有些什么曾经在我们旁边存在。有一些人就永远处在忧愁的圈子里，因为他在即使不需要匆忙的时候，他的心也俨然是有所焦灼。等到稍微有一点愉快来找寻他，除非是因偶然注视别人一下令他反顾到自己那些陈旧的时候内的几个小角落（甚至于这些角落的情景因为他太草率地度过也记不清了）。这种人的唯一乐趣就是埋首于那贫乏的回忆里。

这样的人多少有点不幸。他的日子同精力都白白地消费在期待一个时刻，那个时刻对于他好像是一笔横财，那一天临到了，将要偿还他的一切。于是他弃掉那一刻以前所有的日子而处在焦虑粗率之中，也许真的那一刻可以令他满足，可是不知道他袋子内所有的时刻已经花尽了。我的心不免替他难过。

---

①选自《灯影玲珑——名人小品》，贵州人民出版社，1996年版。

　　一条溪水从它孕育它的湖泊往下流时，它就迸发着，喃喃地、冲击地、发光地往平坦的地方流去。在中途，一根直立的芦苇可以使它发生一个旋涡，一块红沙石可以使它跳跃一下。它让时间像风磨一样地转，经过无数的曲折，不少别的细流汇集添加，最后才徐徐地带着白沫流入大海里，它被人叹赏绝不是因它最后流入了海。它自然得入海。诗人歌颂它的是它的闪光，它的旺盛；哲学家赞扬它的是它的力，它的曲折。这些长处都显现在它奔流当中的每一刻上，而不是那个终点。终点是它的完结，到达了终点，已经没有了它。它完结了。

　　我们岂可忽略我们途程上的每一瞬！

　　如果说为了惧怕一个最后的时候，故免不了忧虑，从此这个说话人的忧虑将永无穷尽，那是我们自己愿意加上的桎梏。

　　一颗星，闪着蓝色光辉的星，似乎不会比平凡多上一点什么，但它的光到达我们的眼里需要好几千年还要多。我们此刻正在惊讶的那有魅力的耀人眼目的一点星光，也许它的本体早已寂冷，或者甚至于没有了。如果一颗星想知道它自己的影响，这个想法就是愚人也会说它是妄想。星是静静地闪射它的光，绝没有想到永久同后来，它的生命就是不理会，不理会将来，不理会自己的影响。它的光是那样亮，我们每个人在静夜里昂头时都发现过那蓝空里的一点，却为什么没有多少人于星体有所领悟呢？

那个"最后"在具体的形状上如同一个点，达到它的途程如同一条线，我们是说一点长还是一条线长呢？

忽略了最大最长的一节，却专门守候那极小的最后的一个点，这个最会讲究利益同价值的人类却常常忽略了他自己的价值。

伟大的智者，你能保证有一个准确的最后一点，是真美、真有意义，超越以前一切的吗？告诉我，我不是怀疑者。

不是吗？最完善的意义就是一个时间的完善加上又一个时间的完善，生命的各个小节综合起来方表现得出生命，同各个音有规律地连贯起来才成为曲子，各个色有规律地组合起来才成为一幅画一样。专门等待一个最后的好的时刻的人就好像是在寻找一个曲子完善的收尾同一幅画最后有力的笔触，但忽略了整个曲子或整幅画的人怎么会在最后一下表现出他的杰作来？

故此我要强辩陨星的存在不是短促的，我说它那摇曳的成一条银色光带消去的生命比任何都要久长，它的每一秒没有虚掷，它的整个时辰都在燃烧，它的最后就是没有烬余，它的生命发挥得最纯净。如果说它没有一点遗留，有什么比那一瞬美丽的银光的印象留在人心里还要深呢！

过着一千年空白日子的人将要实实在在地为他自己伤心，因为他活着犹如没有活着。

导读

　　严文井（1915—2005），湖北武昌人。当代作家、散文家、著名儿童文学家。著有《南南和胡子伯伯》《丁丁的一次奇怪旅行》等。他的童话、寓言创作故事生动、构思巧妙，具有很浓的哲理与诗意，被誉为"一种献给儿童的特殊的诗体"。

　　《给匆忙行走的路人》是一篇颇具哲理性的散文，我们行走在人世间，有时总是抬头望着远方，而忘记欣赏此时此地的风景，这样即使最终走到目的地，也在过程之中错过了太多。人生也要"可持续发展"，既要志存高远，又要珍惜每时每刻，不能为了将来而牺牲现在。结果固然重要，但过程中的酸甜苦辣也值得我们仔细品尝回味，领略其中蕴含的人生意义。

　　本文语言隽永优美，运用形象的比喻、反问等修辞手法抒发了作者的所思所感，请匆忙走路的人放慢脚步，学会欣赏路途中的点点滴滴，去领会更丰富的生命体验。

枷锁还是轨道

在人类社会中，存在着许多悖论，有时让人很难辨清是枷锁还是轨道。这一单元的文章便都涉及了这样的问题。有对超越的幻想，有对人性与人生悲剧的思索，也有精神还乡时的惆怅。这些文章让读者从不同层面看到了人类社会的复杂之处，而对复杂性的把握与思考，正是理解人类社会的前提。也只有这样，人类才能理性地区分正误，找到一条真正的道路。

木　船①

海子 著

　　人们都说，他是从一条木船上被抱下来的。那是日落时分，太阳将河水染得血红，上游驶来一只木船，这个村子的人们都吃惊地睁大眼睛，因为这条河上已经很久很久没有船只航行了。在这个村子的上游和下游都各有一道凶险的夹峡，人称＂鬼门老大＂和＂鬼门老二＂。在传说的英雄时代过去以后，就再也没有人在这条河上航行过了。这条河不知坏了多少条性命，村子里的人听够了妇人们沿河哭号的声音。可今天，这条船是怎么回事呢？大家心里非常纳闷。这条木船带着一股奇香在村子旁靠了岸。它的形状是那么奇怪，上面洞开着许多窗户。几个好事者跳上船去，抱下一位两三岁的男孩来。那船很快又顺河漂走了，消失在水天交接处。几个好事者只说船上没人。对船上别的一切他们都沉默不语。也许他们是见到什么了。一束光？一个影子？或者一堆神坛前的火？他们只是沉默地

①选自《20 世纪末中国文学作品选·小说卷（上）》，北京大学出版社，2001 年版。

四散开。更奇的是，这几位好事者不久以后都出远门去了，再也没
有回到这方故乡的土地上来。因此那条木船一直是个谜。（也许，
投向他身上的无数束目光已经表明，村里的人们把解开木船之谜的
希望寄托在这位与木船有伙伴关系或者血缘关系的男孩身上。）他
的养母非常善良、慈爱。他家里非常穷。他从小就酷爱画画。没有
笔墨，他就用小土块在地上和墙壁上画。他的画很少有人能看懂。
只有一位跛子木匠、一位女占星家和一位异常美丽的、永远长不大
的哑女孩能理解他。那会儿他正处于试笔阶段。他的画很类似于一
种秘密文字，能够连续地表达不同的人间故事和物体。鱼儿在他这
时的画中反复出现，甚至他梦见自己也是一只非常古老的鱼，头枕
着陆地。村子里的人们都对这件事感到一种莫名的恐惧，认定这些
线条简约、形体痛苦的画与自己的贫穷和极力忘却的过去有关系。
于是他们就通过他慈爱的养母劝他今后不要再画了，要画也就去画
些大家感到舒服安全的胖娃娃以及莺飞草长、小桥流水什么的。但
他的手总不能够停止这种活动，那些画像水一样从他的手指上流出
来，遍地皆是，打湿了别人也打湿他自己。后来人们就随时随地地
践踏他的画。不知从什么时候开始，他干脆不用土块了。他坐在那
条载他而来的河边，把手指插进水里，画着，这远远看去有些远古
仪式的味道，也就没有人再管他了。那些画只是在他的心里才存在，
永远被层层波浪掩盖着。他的手指唤醒它们，但它们马上又在水中

消失。就这样过去了许多岁月，他长成了一条结实的汉子。他的养父死去了，他家更加贫穷。他只得放弃他所酷爱的水与画，去干别的营生。他做过箍桶匠、漆匠、铁匠、锡匠；他学过木工活、裁剪；他表演杂技、驯过兽；他参加过马帮、当过土匪、经历了大大小小的许多场战争，还丢了一条腿；他结过婚、生了孩子；在明丽的山川中他大醉并癫过数次；他爬过无数座高山、砍倒过无数棵大树、渡过无数条波光粼粼鱼脊般起伏的河流；他吃过无数只乌龟、鸟、鱼、香喷喷的鲜花和草根；他操持着把他妹子嫁到远方的平原上，又为弟弟娶了一位贤惠温良的媳妇……直到有一天，他把自己病逝的养母安葬了，才长长地舒了一口气。他也老了。大约从这个时候开始，那条木船的气味渐渐地在夜里漾起来了。那气味很特别，不像别的船只散发出的水腥味。那条木船漾出的是一种特别的香气，像西方遮天蔽日的史前森林里一种异兽的香气。村子里的人在夜间也都闻到了这香气，有人认为它更近似于月光在水面上轻轻荡起的香气。他坐在床沿上，清楚地看见了自己的一生，同时也清澈地看见了那条木船。它是深红色的，但不像是一般的人间的油漆漆成的。远远看去，它很像是根根原木随随便便地搭成的。但实际上根本不是那么回事。它的结构精巧严密，对着日光和月光齐崭崭地开了排窗户，也许是为了在航行中同时饱饱地吸收那暮春的麦粒、油菜花和千百种昆虫的香味。在木船的边缘上，清晰地永久镌刻着十三颗星辰和一只猫的图案。那星辰和猫的双眼既含满泪水又森然有光。于是，他在家里翻箱倒柜，找出了积攒多年珍藏的碎银玉器，到镇上去换钱买了笔墨开始作画。于是这深宅大院里始终洋溢着一种水的气息，同时还有一种原始森林的气息。偶或，村子里的人们听到了一种声音，一种伐木的叮当声。森林离这儿很远，人们清醒地意识到这是他的画纸上发出的声音。他要画一条木船。他也许诞生在那条木船上。他在那条木船上顺河漂流了很久。而造这条木船的原木被伐倒的声响正在他的画纸上激起回声。然后是许多天叮叮作响的铁器的声音，那是造船的声音。他狂热地握着笔，站在画纸前，画纸上还是什么也没有。他掷笔上床，呼呼睡了三天三夜。直到邻村的人都听见半空中响起的一条船下水的嘭嘭声，他才跳下床来，将笔甩向画纸。最初的形体显露出来了。那是一个云雾遮蔽、峭壁阻挡、太阳曝晒、浑水侵侵的形体。那是一个孤寂的忧伤的形体，船，结实而空洞，下水了，告别了岸，急速驶向"鬼门"。它像死后的亲人们头枕着的陶罐一样，体现了一种存放的愿望，一种前代人的冥冥之根和身脉远隔千年向后代人存放的愿望。船的桅杆上一轮血红的太阳照着它朴实、厚重而又有自责的表情，然后天空用夜晚的星光和温存加以掩盖。就在那条木船在夜间悄悄航行的时辰，孩子们诞生了。这些沾血的健康的孩子们是大地上最沉重的形体。他们的诞生既无可奈何又饱含深情，既合乎规律又意味深长。他艰难地挥动着画笔，描绘这一切。仿佛在行进的永恒的河水中，是那条木船载着这些沉重的孩子们前进。因此那船又很像是一块陆地，一块早已诞生并埋有祖先头盖骨的陆地。是什么推动它前进的呢？是浑浊的河流和从天空吹来的悲壮的风。因此在他的画纸上，船只实实在在地行进着，断断续续地行进着。面对着画和窗外深情生活的缕缕炊烟，他流下了大颗大颗的泪珠。

终于，这一天到了，他合上了双眼。他留下了遗嘱：要在他的床前对着河流焚烧那幅画。就在灰烬冉冉升上无边的天空的时候，那条木船又出现了。它逆流而上，在村边靠了岸。人们把这位船的儿子的尸首抬上船去，发现船上没有一个人。船舱内盛放着五种不同颜色的泥土。那条木船载着他向上游驶去，向他们共同的诞生地和归宿驶去。有开始就有结束。也许在它消失的地方有一棵树会静静长起。

1985.5.25

导读

　　海子（1964—1989），原名查海生，诗人。已出版作品有长诗《土地》和短诗选集《海子、骆一禾作品集》等，代表作有《面朝大海，春暖花开》《亚洲铜》《麦地》《日记》。

　　海子主要写诗，创作的小说不多，《木船》是其中的一篇。"木船"是一个象征，它的象征意义可以有多种理解，可以理解为诞生地和归宿，可以理解为命运，也可以将之与《圣经》中的挪亚方舟联系在一起，视为拯救的一种暗喻。小说中的男孩也可以理解为一种象征，他所象征的是一个诗人的精神自我，是一种精神境界在尘世的遭遇。如果联系海子单纯、内向的性格和他自杀身亡的境遇，我们或许能对之有更为深刻的理解。

萧　萧①

沈从文　著

　　乡下人吹唢呐接媳妇，到了十二月是成天有的事情。

　　唢呐后面一顶花轿，两个伕子平平稳稳地抬着，轿中人被铜锁锁在里面，虽穿了平时不上过身的体面红绿衣裳，也仍然得荷荷大哭。在这些小女人心中，做新娘子，从母亲身边离开，且准备做他人的母亲，从此必然将有许多新事情等待发生。像做梦一样，将同一个陌生男子汉在一个床上睡觉，做着承宗接祖的事情。这些事想起来，当然有些害怕，所以照例觉得要哭哭，就哭了。

　　也有做媳妇不哭的人。萧萧做媳妇就不哭。这女人没有母亲，从小寄养到伯父种田的庄子上，终日提个小竹兜箩，在路旁田坎儿捡狗屎。出嫁只是从这家转到那家。因此到那一天，这女人还只是笑。她又不害羞，又不怕。她是什么事也不知道，就做了人家的新媳妇了。

　　萧萧做媳妇时年纪十二岁，有一个小丈夫，年纪还不到三岁。

---

①选自《沈从文小说选集》，人民文学出版社，1982年版。

丈夫比她年少十来岁，断奶还不多久。地方有这么一个老规矩，过了门，她喊他作弟弟，她每天应做的事是抱弟弟到村前柳树下去玩，到溪边去玩，饿了，喂东西吃，哭了，就哄他，摘南瓜花或狗尾草戴到小丈夫头上，或者连连亲嘴，一面说："弟弟，哪，啵。再来，啵。"在那满是肮脏的小脸上亲了又亲，孩子于是便笑了。孩子一欢喜兴奋，行动粗野起来，会用短短的小手乱抓萧萧的头发。那是平时不大能收拾蓬蓬松松在头上的黄发。有时候，垂到脑后的那条小辫儿被拉得太久，把红绒线结也弄松了，生了气，就搋那弟弟几下，弟弟自然哇地哭出声来。萧萧于是也装成要哭的样子，用手指着弟弟的哭脸，说："哪，人不讲理，可不行！"

天晴落雨日子混下去，每日抱抱丈夫，也帮同家中做点杂事，能动手的就动手。又时常到溪沟里去洗衣，搓尿片，一面还捡拾有花纹的田螺给坐在身边的小丈夫玩。到了夜里睡觉，便常常做这种年龄人所做过的梦，梦到后门角落或别的什么地方捡得大把大把铜钱，吃好东西，爬树，自己变成鱼到水中各处溜，或一时仿佛身子很小很轻，飞到天上众星中，没有一个人，只是一片白，一片金光，于是大喊"妈！"人就吓醒了。醒来心里还只是跳。吵了隔壁的人，不免骂着："疯子，你想什么！白天玩得疯，晚上就做梦！"萧萧听着却不作声，只是咕咕地笑。也有很好很爽快的梦，为丈夫哭醒的事情。那丈夫本来晚上在自己母亲身边睡，吃奶方便，但是吃多了奶，或因另外情形，半夜大哭，起来放水拉稀是常有的事。丈夫哭到婆婆无可奈何，于是萧萧轻脚轻手爬起床来，睡眼蒙胧，走到床边，把人抱起，给他看灯光，看星光；或者仍然啵啵地亲嘴，互相觑着，孩子气地"嘿嘿，看猫呵！"那样喊着哄着，于是丈夫笑了。玩一会儿，困倦起来，慢慢地合上眼。人睡定后，放上床，站在床边看着，听远处一传一递的鸡叫，知道天快到什么时候了，于是仍然蜷到小床上睡去。天亮后，虽不做梦，却可以无意中闭眼开眼，看一阵在面前空中变幻无端的黄边紫心葵花，那是一种真正的享受。

萧萧嫁过了门，做了拳头大的丈夫小媳妇，一切并不比先前受苦，这只看她一年来身体发育就可明白。风里雨里过日子，像一株长在园角落不为人注意的草丛，大叶大枝，日增茂盛。这小女人简直是全不为丈夫设想那么似的，一天比一天长大起来了。

夏夜光景说来如做梦。大家饭后坐到院中心歇凉，挥摇蒲扇，看天上的星同屋角的萤，听南瓜棚上纺织娘子咯咯咯拖长声音纺车，远近声音繁密如落雨，禾花风飕飕吹到脸上，正是让人在各种方便中说笑话的时候。

萧萧好高，一个人常常爬到草料堆上去，抱了已经熟睡的丈夫在怀里，轻轻地轻轻地随意唱着自编的四句头山歌。唱来唱去却把自己也催眠起来，快要睡去了。

在院坝中，公公婆婆，祖父祖母，另外还有帮工汉子两个，散乱地坐在小板凳上，摆龙门阵学古，轮流下去打发上半夜。

祖父身边有个烟包，在黑暗中放光。这用艾蒿做成的烟包，是驱逐长脚蚊得力东西，蜷在祖父脚边，犹如一条乌梢蛇。间或又拿起来晃那么几下。

想起白天场上的事情，祖父开口说话：

"我听三金说，前天又有女学生过身。"

大家就哄然笑了起来。

这笑的意义何在？只因为在大家印象中，都知道女学生没有辫子，留下个鹌鹑尾巴，像个尼姑，又不完全像。穿的衣服像洋人，又不是洋人。吃的，用的，……总而言之，事事不同，一想起来就觉得怪可笑！

萧萧不大明白，她不笑。所以老祖父又说话了。他说：

"萧萧，你长大了，将来也会做女学生！"

大家于是更哄然大笑起来。

萧萧为人并不愚蠢，觉得这一定是不利于己的一件事情，所以接口便说：

"爷爷，我不做女学生。"

"你像个女学生，不做可不行。"

"我一定不做。"

众人有意取笑，异口同声地说："萧萧，爷爷说得对，你非做女学生不行！"

萧萧急得无可如何："做就做，我不怕。"其实做女学生有什么不好处，萧萧全不知道。

女学生这东西，在本乡的确永远是奇闻。每年一到六月天，据说放"水假"日子一到，照例便有三三五五女学生，由一个荒谬不经的热闹地方来，到另一个远地方去，取道从本地过身。从乡下人眼中看来，这些人都近于另一世界中活下的人，装扮奇奇怪怪，行为更不可思议。这种女学生过身时，使一村人都可以说一整天的笑话。

祖父是当地一个人物，因为想起所知道的女学生在大城中的生活情形，所以说笑话要萧萧也去做女学生。一面听到这话，就感觉一种打哈哈趣味，一面还有那被说的萧萧感觉一种惶恐，说这话的不为无意义了。

女学生由祖父方面所知道的是这样一种人：她们穿衣服不管天气冷暖，吃东西不问饥饱，晚上交子时才睡觉，白天正经事全不做，只知唱歌打球，读洋书。她们都会花钱，一年用的钱可以买十六只水牛。她们在省里京里想往什么地方去时，不必走路，只要钻进一个大匣子中，那匣子就可以带她到地。城市中还有各种各样的大小不同的匣子，都用机器开动。她们在学校，男女在一处上课读书，人熟了，就随意同那男子睡觉，也不要媒人，也不要财礼，名叫"自由"。

她们也做做州县官,带家眷上任,男子仍然喊作"老爷",小孩子叫"少爷"。她们自己不养牛,却吃牛奶羊奶,如小牛小羊;买那奶时是用铁罐子盛的。她们无事时到一个唱戏地方去,那地方完全像个大庙,从衣袋中取出一块洋钱来(那洋钱在乡下可买五只母鸡),买了一小方纸片,拿了张纸片到里面去,就可以坐下看洋人扮演影子戏。她们被冤了,不赌咒,不哭,她们年纪有老到二十四岁还不肯嫁人的,有老到三十四十居然还好意思嫁人的。她们不怕男子,男子不能使她们受委屈,一受委屈就上衙门打官司,要官罚男子的款,这笔钱她有时独占自己花用,有时和官平分。她们不洗衣煮饭,也不养猪喂鸡;有了小孩子,也只花五块钱或十块钱一月,雇个人专管小孩,自己仍然整天看戏打牌,或者读那些没有用处的闲书……

总而言之,说来事事都稀奇古怪,和庄稼人不同,有的简直还可说岂有此理。这时经祖父一为说明,听过这话的萧萧,心中却忽然有了一种模模糊糊的愿望,以为倘若她也是个女学生,她是不是照祖父说的女学生一个样子去做那些事情?不管好歹,女学生并不可怕,因此一来,却已为这乡下姑娘初次体念到了。

因为听祖父说起女学生是怎样的人物,到后萧萧独自笑得特别久,笑够了时,她说:

"爷爷,明天有女学生过路,你喊我,我要看看。"

"你看,她们捉你去做丫头。"

"我不怕她们。"

"她们读洋书念经你也不怕?"

"念观音菩萨消灭经,念紧箍咒,我都不怕。"

"她们咬人,和做官的一样,专吃乡下人,吃人骨头渣渣也不吐,你不怕?"

萧萧肯定地回答说:"也不怕。"

可是这时节萧萧手上所抱的丈夫,不知为什么,在睡梦中哭了,媳妇于是用做母亲的声势,半哄半吓地说:

"弟弟,弟弟,不许哭,不许哭,女学生咬人来了。"

丈夫还仍然哭着,得抱起各处走走。萧萧抱着丈夫离开了祖父,祖父同人说另外一样古话去了。

萧萧从此以后心中有个"女学生"。做梦也便常常梦到女学生,且梦到同这些人并排走路。仿佛也坐过那种自己会走路的匣子,她又觉得这匣子并不比自己跑路更快。在梦中那匣子的形体同谷仓差不多,里面还有小小灰色老鼠,眼珠子红红的,各处乱跑,有时钻到门缝里去,把个小尾巴露在外边。

因为有这样一段经过,祖父从此喊萧萧不喊"小丫头",不喊"萧萧",却唤作"女学生"。在不经意中萧萧答应得很好。

乡下的日子也如世界上一般日子,时时不同。世界上人把日子糟蹋，和萧萧一类人家把日子吝惜是同样的，各有所得，各属分定。许多城市中文明人，把一个夏天完全消磨到软绸衣服、精美饮料以及种种好事情上面。萧萧的一家，因为一个夏天的劳作，却得了十多斤细麻，二三十担瓜。

做小媳妇的萧萧，一个夏天中，一面照料丈夫，一面还绩了细麻四斤。到秋八月工人摘瓜，在瓜间玩，看硕大如盆、上面满是灰粉的大南瓜，成排成堆摆到地上，很有趣味。时间到摘瓜，秋天真的已来了，院子中各处有从屋后林子里树上吹来的大红大黄木叶。萧萧在瓜旁站定，手拿木叶一束，为丈夫编小小笠帽玩。

工人中有个名叫花狗，年纪二十三岁，抱了萧萧的丈夫到枣树下去打枣子。小小竹竿打在枣树上，落枣满地。

"花狗大①，莫打了，太多了吃不完。"

虽这样喊，还不动身。到后，仿佛完全因为丈夫要枣子，花狗才不听话。萧萧于是又警告她那小丈夫：

"弟弟，弟弟，来，不许捡了。吃多了生东西肚子痛！"

丈夫听话，兜了大堆枣子向萧萧身边走来，请萧萧吃枣子。

"姊姊吃，这是大的。"

"我不吃。"

"要吃一颗！"

她两手哪里有空？木叶帽正在制边，工夫要紧，还正要个人帮忙！

---

① "花狗大"的"大"字，即大哥简称。

“弟弟，把枣子喂我口里。”

丈夫照她的命令做事，做完了觉得有趣，哈哈大笑。

她要他放下枣子帮忙捏紧帽边，便于添加新木叶。

丈夫照她吩咐做事，但老是顽皮地摇动，口中唱歌。这孩子原来像一只猫，欢喜时就得捣乱。

“弟弟，你唱的是什么？”

“我唱花狗大告我的山歌。”

“好好地唱一个给我听。”

丈夫于是帮忙拉着帽边，一面就唱下去，照所记到的歌唱：

天上起云云起花，

苞谷林里种豆荚，

豆荚缠坏苞谷树，

娇妹缠坏后生家。

天上起云云重云，

地下埋坟坟重坟，

娇妹洗碗碗重碗，

娇妹床上人重人。

歌中意义丈夫全不明白，唱完了就问萧萧好不好，萧萧说好，并且问从谁学来的，她知道是花狗教他的，却故意盘问他。

"花狗大告我，他说还有好多歌，长大了再教我唱。"

听说花狗会唱歌，萧萧说：

"花狗大，花狗大，你唱一个正经好听的歌我听听。"

那花狗，面如其心，生长得不很正气，知道萧萧要听歌，人也快到听歌的年龄了，就给她唱"十岁娘子一岁夫"。那故事说的是妻年大，可以随便到外面做一点不规矩事情；夫年小，只知吃奶，让他吃奶。这歌丈夫完全不懂，懂到一点的是萧萧。把歌听过后，萧萧装成"我全明白"那种神气，她用生气的样子，对花狗说：

"花狗大，这个不行，这是骂人的歌！"

花狗分辩说："不是骂人的歌。"

"我明白，是骂人的歌。"

花狗难得说多话，歌已经唱过了，错了赔礼，只有不再唱。他看她已经有点懂事了，怕她回头告祖父，会挨顿臭骂，就把话支吾开，扯到"女学生"上头去。他问萧萧，看不看过女学生习体操唱洋歌的事情。

若不是花狗提起，萧萧几乎已忘却了这事情。这时又提到女学生，她问花狗近来有没有女学生过路，她想看看。

花狗一面把南瓜从棚架边抱到墙角去，告她女学生唱歌的事情，这些事的来源还是萧萧的那个祖父。他在萧萧面前说了点大话，说他曾经到官路上见过四个女学生，她们都拿得有旗帜，走长路流汗喘气之中仍然唱歌，同军人所唱的一模一样。不消说，这自然完全是胡诌的笑话。可是那故事把萧萧可乐坏了。因为花狗说这个就叫作"自由"。

花狗是起眼动眉毛、一打两头翘、会说会笑的一个人。听萧萧带着歆羡口气说"花狗大，你膀子真大"，他就说："我不止膀子大。"

"你身个子也大。"

"我全身无处不大。"

萧萧还不大懂得这个话的意思，只觉得憨而好笑。

到萧萧抱了她的丈夫走去以后，同花狗在一起摘瓜，取名字叫哑巴的，开了平时不常开的口。

"花狗，你少坏点。人家是十三岁黄花女，还要等十二年后才圆房！"

花狗不作声，打了那伙计一巴掌，走到枣树下捡落地枣去了。

到摘瓜的秋天，日子计算起来，萧萧过丈夫家有一年半了。

几次降霜落雪，几次清明谷雨，一家中人都说萧萧是大人了。天保佑，喝冷水，吃粗粝饭，四季无疾病，倒发育得这样快。婆婆虽生来像一把剪子，把凡是给萧萧暴长的机会都剪去了，但乡下的日头同空气都帮助人长大，却不是折磨可以阻拦得住。

萧萧十五岁时已高如成人，心却还是一颗糊糊涂涂的心。

人大了一点，家中做的事也多了一点。绩麻、纺车，洗衣、照料丈夫以外，打猪草推磨一些事情也要做，还有浆纱织布。凡事都学，学学就会了。乡下习惯凡是行有余力的都可从劳作中攒点本分私房，两三年来仅仅萧萧个人份上所聚集的粗细麻和纺就的棉纱，也够萧萧坐到土机上抛三个月的梭子了。

丈夫早断了奶。婆婆有了新儿子，这五岁儿子就像归萧萧独有了。不论做什么，走到什么地方去，丈夫总跟在身边。丈夫有些方面很怕她，当她如母亲，不敢多事。他们俩实在感情不坏。

地方稍稍进步，祖父的笑话转到"萧萧你也把辫子剪去好自由"那一类事上去了。听着这话的萧萧，某个夏天也看过了一次女学生，虽不把祖父笑话认真，可是每一次在祖父说过这笑话以后，她到水边去，必不自觉地用手捏着辫子末梢，设想没有辫子的人那种神气，那点趣味。

打猪草，带丈夫上螺蛳山的山阴是常有的事。

小孩子不知事故，听别人唱歌也唱歌。一开腔唱歌，就把花狗引来了。

花狗对萧萧生了另外一种心，萧萧有点明白了，常常觉得惶恐不安。但花狗是男子，凡是男子的美德恶德都不缺少，劳动力强，手脚勤快，又会玩会说，所以一面使萧萧的丈夫非常欢喜同他玩，一面一有机会即缠在萧萧身边，且总是想方设法把萧萧那点惶恐减去。

山大人小，到处是树林蒙茸，平时不知道萧萧所在，花狗就站在高处唱歌逗萧萧身边的丈夫；丈夫小口一开，花狗穿山越岭就来到萧萧面前了。

见了花狗，小孩子只有欢喜，不知其他。他原要花狗为他编草虫玩，做竹箫哨子玩，花狗想方法支使他到一个远处去找材料，便坐到萧萧身边来，要萧萧听他唱那使人开心红脸的歌。她有时觉得害怕，不许丈夫走开；有时又像有了花狗在身边，打发丈夫走去反倒好一点。终于有一天，萧萧就这样给花狗把心窍子唱开，变成个妇人了。

那时节，丈夫走到山下采刺莓去了，花狗唱了许多歌，到后却向萧萧唱：

娇家门前一重坡，
别人走少郎走多，
铁打草鞋穿烂了，
不是为你为哪个？

末了却向萧萧说："我为你睡不着觉。"他又说他赌咒不把这

事情告给人。听了这些话仍然不懂什么的萧萧，眼睛只注意到他那
一对粗粗的手膀子，耳朵只注意到他最后一句话。末了花狗大便又
唱了许多歌给她听。她心里乱了。她要他当真对天赌咒，赌过了咒，
一切好像有了保障，她就一切尽他了。到丈夫返身时，手被毛毛虫
螫伤，肿了一大片，走到萧萧身边。萧萧捏紧这一只小手，且用口
去呵它，吮它，想起刚才的糊涂，才仿佛明白自己做了一点不大好
的糊涂事。

　　花狗诱她做坏事情是麦黄四月，到六月，李子熟了，她欢喜吃
生李子。她觉得身体有点特别，在山上碰到花狗，就将这事情告给他，
问他怎么办。

　　讨论了多久，花狗全无主意。虽以前自己当天赌得有咒，也仍
然无主意。原来这家伙个子大，胆量小。个子大容易做错事，胆量
小做了错事就想不出办法。

　　到后，萧萧捏着自己那条乌梢蛇似的大辫子，想起城里了，她说：

　　"花狗大，我们到城里去自由，帮帮人过日子，不好吗？"

　　"那怎么行？到城里去做什么？"

　　"我肚子大了，那不成。"

　　"我们找药去。场上有郎中卖药。"

　　"你赶快找药来，我想……"

　　"你想逃到城里去自由，不成的。人生面不熟，讨饭也有规矩，

不能随便!"

"你这没有良心的,你害了我,我想死!"

"我赌咒不辜负你。"

"负不负我有什么用,帮我个忙,赶快拿去肚子里这块肉吧。我害怕!"

花狗不再作声,过了一会儿,便走开了。不久丈夫从他处拿了大把山里红果子回来,见萧萧一个人坐在草地上眼睛红红的,丈夫心中纳罕。看了一会儿,问萧萧:

"姊姊,为什么哭?"

"不为什么,毛毛虫落到眼睛窝里,痛。"

"我吹吹吧。"

"不要吹。"

"你瞧我,得这些这些。"

他把手中拿的和从溪中捡来放在衣口袋里的小蚌、小石头全部陈列到萧萧面前,萧萧泪眼婆娑看了一会儿,勉强笑着说:"弟弟,我们要好,我哭你莫告家中。告家中我可要生气!"到后这事情家中当真就无人知道。

过了半个月,花狗不辞而行,把自己所有的衣裤都拿去了。祖父问同住的长工哑巴,知不知道他为什么走路,走哪儿去?是上山落草,还是作薛仁贵投军?哑巴只是摇头,说花狗还欠了他两百钱,临走时话都不留一句，为人少良心。哑巴说他自己的话，并没有把花狗走的理由说明。因此这一家稀奇一整天，谈论一整天。不过这工人既不偷走物件，又不拐带别的，这事情过后不久，自然也就把他忘掉了。

萧萧仍然是往日的萧萧。她能够忘记花狗就好了，但是肚子真有些不同了，肚中东西总在动，使她常常一个人干发急，尽做怪梦。

她脾气坏了一点，这坏处只有丈夫知道，因为她对丈夫似乎严厉苛刻了好些。

仍然每天同丈夫在一处，她的心，想到的事自己也不十分明白。她常想，我现在死了，什么都好了。可是为什么要死？她还很高兴活下去，愿意活下去。

家中人不拘谁在无意中提起关于丈夫弟弟的话，提起小孩子，提起花狗，都像使这话如拳头，在萧萧胸口上重重一击。

到九月，她担心人知道更多了，引丈夫庙里去玩，就私自许愿，吃了一大把香灰。吃香灰时被她丈夫看见时，丈夫问这是做什么事，萧萧就说这是肚痛，应当吃这个。萧萧自然说谎。虽说求菩萨保佑，菩萨当然没有如她的希望，肚子中长大的东西依旧在慢慢地长大。

她又常常往溪里去喝冷水，给丈夫看见时，丈夫问她，她就说口渴。

一切她所想到的方法都没有能够使她与自己不欢喜的东西分开。

大肚子只有丈夫一人知道，他却不敢告这件事给父母晓得。因为时间长久，年龄不同，丈夫有些时候对于萧萧的怕同爱，比对于父母还深切。

她还记得花狗赌咒那一天里的事情，如同记着其他事情一样。到秋天，屋前屋后毛毛虫都结茧，成了各种好看蝶蛾，丈夫像故意折磨她一样，常常提起几个月前被毛毛虫螫手的旧话，使萧萧心里难过。她因此极恨毛毛虫，见了那小虫就想用脚去踹。

有一天，又听人说有好些女学生过路，听过这话的萧萧，睁了眼做过一阵梦，愣愣地对日头出处痴了半天。

萧萧步花狗后尘，也想逃走，收拾一点东西预备跟了女学生走的那条路上城去。但没有动身，就被家里人发觉了。这种打算照乡下人说来是一件大事，于是把她两手捆了起来，丢在灶屋边，饿了一天。

家中追究这逃走的根源，才明白这个十年后预备给小丈夫生儿子继香火的萧萧肚子已被另一个人抢先下了种。这在一家人生活中真是了不得的一件大事！一家人的平静生活，为这件新事全弄乱了。生气的生气，流泪的流泪，骂人的骂人，各按本分乱下去。悬梁，投水，吃毒药，被禁困着的萧萧，诸事漫无边际地全想到了，究竟是年纪太小，舍不得死，却不曾做。于是祖父从现实出发，想出个聪明主意，把萧萧关在房里，派两人好好看守着，请萧萧本族的人来说话，照规矩看，是"沉潭"还是"发卖"？萧萧家中人要面子，就沉潭淹死了她，舍不得死就发卖。萧萧只有一个伯父，在近处庄子里为人种田，去请他时先还以为是吃酒，到了才知是这样丢脸事情，弄得这老实忠厚的家长手足无措。

大肚子作证，什么也没有可说。照习惯，沉潭多是读过"子曰"的族长爱面子才做出的蠢事。伯父不读"子曰"，不忍把萧萧当牺牲，萧萧当然应当嫁人作"二路亲"了。

这也是一种处罚，好像极其自然，照习惯受损失的是丈夫家里，然而可以在改嫁上收回一笔钱，当作赔偿损失的数目。那伯父把这事情告给了萧萧，就要走路。萧萧拉着伯父衣角不放，只是幽幽地哭。伯父摇了一会儿头，一句话不说，仍然走了。

一时没有相当的人家来要萧萧，送到远处去也得有人，因此暂时就仍然在丈夫家中住下。这件事情既经说明白，照乡下规矩，倒又像没什么要紧，只等待处分，大家反而释然了。先是小丈夫不能再同萧萧在一处，到后又仍然如月前情形，姊弟一般有说有笑地过日子了。

丈夫知道了萧萧肚子中有儿子的事情，又知道因为这样萧萧才应当嫁到远处去。但是丈夫并不愿意萧萧去，萧萧自己也不愿意去。大家全莫名其妙，只是照规矩像逼到要这样做，不得不做。究竟是谁定的规矩，是周公还是周婆，也没有人说得清楚。

在等候主顾来看人，等到十二月，还没有人来，萧萧只好在这人家过年。

萧萧次年二月间，十月满足，坐草生了一个儿子，团头大眼，声响宏壮。大家把母子二人照料得好好的，照规矩吃蒸鸡同江米酒补血，烧纸谢神。一家人都欢喜那儿子。

生下的既是儿子，萧萧不嫁别处了。

到萧萧正式同丈夫拜堂圆房时，儿子已经年纪十岁，有了半劳动力，能看牛割草，成为家中生产者一员了。平时喊萧萧丈夫做大叔，大叔也答应，从不生气。

这儿子名叫牛儿。牛儿十二岁时也接了亲，媳妇年长六岁。媳妇年纪大，方能诸事作帮手，对家中有帮助。唢呐到门前时，新娘在轿中呜呜地哭着，忙坏了那个祖父，曾祖父。

这一天，萧萧刚坐完月子不久，孩子才满三月，抱了自己新生的毛毛，在屋前榆蜡树篱笆间看热闹，同十年前抱丈夫一个样子。小毛毛哭了，唱歌一般哄着他：

"哪，弟弟，看，花轿来了。看，新娘子穿花衣，好体面！不许闹，不讲道理不成的！不讲理我要生气的！看看，女学生也来了！明天长大了，我们讨个女学生媳妇！"

一九二九年作

一九五七年二月校改字句

导读

    沈从文（1902—1988），原名沈岳焕，湖南凤凰人。代表作有《边城》《长河》，散文集《湘西行散记》等。沈从文主要的文学贡献是以小说、散文建构了他特异的"湘西世界"，并以"乡下人"的眼光来批判中国现代文明的初始阶段的丑陋处。在沈从文这里，描写湘西的残酷、愚昧并不为猎奇的效果，反而从中产生了对美好人生与道德的向往。事实上，湘西世界所代表的健康人性是沈从文全部创作所要传达的主题。沈从文的小说具有某些散文化的倾向。无论小说或散文皆清洁克制，并都表现出了对抒情的追求。

    《萧萧》是关于一个湘西少女的故事。萧萧十二岁时便不明不白地做了三岁小丈夫的媳妇。在她情窦初开时被长工花狗诱奸。因家人的宽厚，萧萧才免于被沉潭的命运，并幸得产下一子。儿子十二岁时，亦娶了比自己年长六岁的妻子。作家在书写湘西世界中淳朴、美好的人性的同时，也呈现了萧萧的悲剧命运，以及这种悲剧的循环不息。这使小说在田园牧歌的图景之内实际表达了人生的大悲恸。但这种大悲大恸在沈从文的笔下显得极为克制。无论是萧萧发现自己怀孕以及花狗逃跑之后的慌张和绝望，还是丈夫的家人决定萧萧命运时的愤怒与犹疑，每当情绪快要抵达爆发与崩溃的临界之时，沈从文往往以清洁、冷淡的笔法处理。这一手法辅之以小说对湘西农村生活的缓缓讲述，使文章呈现出委婉抒情的面目。然而在这种悠然的叙事之后，嶙峋残酷的悲剧感反而得到凸显。正如《萧萧》的结尾处对牛儿娶妻的描绘，团圆的画面复现萧萧悲剧的开始，也似乎暗示着新悲剧的继续；而萧萧置身其间如浑然不觉的旁观者。悲剧在一个喜庆的高潮中戛然而止——以清洁散淡的笔墨刻写人生的悲剧，这正是沈从文的残酷。

灯[1]

师陀 著

　　黄昏从空中降下来了，降落到小城的屋背上和小胡同里了。卖煤油的远远从小胡同的转角上出现，肩上担着挑子。

　　"卖煤油啊！"梆！梆梆！他喊着，敲着木鱼。

　　胡同里没有人。一条狗望望他，接着又自行走开。有个门响着，有人从里头走出来。

　　"卖煤油的！"走出来的人站在门口台阶上喊，手里端着灯。

　　梆！梆梆！卖煤油的在台阶前面停住，挑子放到街沿上了。这是个装着架子的煤油桶，另一头配一口箱子。上面贴着红斗方，里头放的是各种杂货：火柴、香烟、纸、精和烟丝。

　　买油的说："打四两。"

　　"不说也知道。"卖煤油的接住灯。

　　卖煤油的用提子把油吊出来，量够了数目。

---

[1] 选自《果园城记》，解放军文艺出版社，2000 年版。

"自来火又涨价了？"

"又涨价了！"

卖煤油的并不高兴，比打油的还不高兴。他数过钱——梆梆！从新担起挑子。

"越涨越没利看！" 他回头又加上一句，"你想想——馒头现在几个钱一斤？从前自来火三钱两盒，赚你一个；现在三十钱一盒，不说谎，赚你两个半制钱！"

在冷落的小胡同里，卖煤油的担着挑子，木鱼敲得动天响。他有他的调子：梆！梆梆！他有他的老声音，从来不变的声音：卖煤油啊！挑子活跃地跳动着，他就这样顺着胡同走下去，一路上迎着他的是开门关门的响声。

"喂，卖煤油的！" 又有个小门打开，又有个声音向他喊。

这喊他的是个老太太，一听下面的谈话就知道。

"你真是上辈子烧香烧来的福气，老斋公，娶这么一房好媳妇，两天点一灯油！" 卖煤油的看了看灯，一看他就准知道是新娘子的。

老太太喜欢得几乎把眼泪都流出来。

"会做活呢，" 她说，"你给够数就好了！"

"老天爷是见证。" 他赌咒没有十八两！

当他们谈话时候，远远的又有一个人喊了。卖煤油的担起挑子，极和气地跟老太太分了手。

梆！梆梆！"卖煤油啊！" 他喊着，尽量敲着木鱼。

　　这一盏是厨房里的灯，上面落了许多灰尘。喊他的是个中年女人，脸红红的，被烟熏得满眼泪。

　　"该吃饭了。"没有放下挑子，卖煤油的就笑着招呼。

　　买油的并不直接回答。

　　"有铜版纸吗？"她问。

　　"有，有！"

　　卖煤油的赶紧打好油，赶紧到另一头打开箱子，或是说他的杂货店。

　　"今天又是记账吗？"

　　"又是的！"

　　"可是前面老早三吊多了！"

　　"四吊多终归要还你的——怕什么？跑了和尚跑不了寺！"

　　真没有办法！卖煤油的笑着叹口气；卖煤油的担起挑子；天渐渐暗下来了，小胡同里不再有人出现了。梆！梆梆！他顺着小胡同走下去，一路上喊着，比先前更响更急地敲着木鱼。所有的灯他都认识，只要摸摸他就知道是谁家的，甚至是谁用的。现在它们已经被点起来，光亮照耀着每间房子，不管是发霉的熏黑的整洁的倾倒的全照耀到了……梆！梆梆！木鱼越来越急，越响越远。最后只剩下空洞没有行人的小胡同，转个弯，他的影子随即消失在昏暗中。

　　可不是，他自己家里的灯也该点起来了。

一九四二年二月

导读

师陀（1910—1988），原名王长简，1946年以前曾使用笔名芦
焚。他的小说善于表现北方农村的凋敝，以描写场景见长，在一种
"精神还乡"的意境中将环境的荒凉与人事的沧桑相互交织，弥漫
着充满诗意的悲音。代表作有短篇小说集《果园城记》，中篇小说《无
望村的馆主》，长篇小说《结婚》等。

《果园城记》讲述了"果园城"这一虚构的小城的历史与各种
小人物的命运，并从中引申出某些人生哲理来。集中的每一个短篇
都是各自独立的，但又以某些线索前后勾连。在这些故事中，"果
园城"似乎成为中国一切古老小城的缩影，在仿佛停顿的时光中日
渐走向衰颓；而小城中的人生也显得黯淡无光。《灯》是《果园城记》
中的一则，显示了作者擅于刻画世态人情与社会风习的特点。小说
剪取的是"果园城"生活的一个断片：黄昏时，卖煤油的小贩穿过
胡同叫卖煤油和杂货。在小贩与不同的顾客之间日常而简短的交谈
中，小说展示了胡同中不同住户各自的性格与各自的人生。在描写
小贩对胡同与小城的熟悉，以及以"灯"寄寓对"家"的眷恋的同
时，小说透露出了些许温情。然而在这样纤细的笔法中也意外地蕴
含着挥之不去的惆怅——从来不变的"果园城"被遗失于时光之外，
日渐走向凋敝。在"木鱼越来越急，越响越远"之中，显示了无法
言说的破败与苦痛。

后 记

四年前，与明天出版社的朋友们谈到了"大语文"的话题，自此，他们对"大语文"开始了一往情深的关注。其间，从社长、总编到编辑，与我进行了无数次的交流与讨论。当工作进入实质性阶段后，电话、短信、电子邮件、见面，则更加频繁。他们对这选题表现出了浓烈的兴趣和极大的热情。到了最后，编辑们为了使"大语文"能如期出版并能尽善尽美，甚至陷入焦灼状态。在这里，我要向他们表示敬意和谢意。

参加导读文字撰写工作的同学有：赵晖、李云雷、邓菡彬、文珍、王颖、陈爱强、张清芳、于淑静、史静、蔡郁婉、高寒凝、葛旭东、刘欣玥、王利娟、金信仪、王锐、郑明和、张雨晴、葛诗卉、汪洁。

他们从"人文"，更从"语文"的角度，对文本进行了不落俗套、富有新意的点评。这些点评，切合文本的本意，为阅读者提供了进入文本的最佳途径。

刘晓楠、魏东峰、胡少卿、徐则臣同学，在组织讨论、复印资料、核实文本出处、辨析不同版本之高下等方面，全心全意，细致入微，体现了严谨的学风和令人钦佩的工作态度。部分参加点评的同学如高寒凝、葛旭东等也参与了以上的工作。

最后还要特别感谢丁亚芳女士。事实上，"大语文"的前身是由南京师范大学出版社出版的"第二语文"。当年，作为这一选题的参与者与编辑，她付出了辛勤的劳动。虽然"大语文"与"第二语文"相比，无论是选目还是篇章安排等都有了重大变化，但，依然留有她辛劳的印记。

感谢所有与"大语文"有关的朋友。

曹文轩

二〇一六年四月二十日于途中

在本书的编选过程中，我们得到了许多师友的热情帮助。不过，虽经多方努力，仍有部分作者无法联系上。本书收入的部分文字作品稿酬已委托中国文字著作权协会转付，敬请相关著作权人联系。

电　话：010-65978905

传　真：010-65978905

E-mail：wenzhuxie@126.com